너, 행복하니?

너, 행복하니?

2004년 6월 10일 초판 1쇄 발행. 2015년 9월 21일 초판 11쇄 발행. 김종휘가 짓고, 도서출판 샨티에서 이홍용과 박정은이 펴내고 소연과 김다정이 마케팅을 합니다. 사진은 안정혜가 찍고, 표지 디자인은 Design Vita에서, 본문 디자인은 김태헌이 하였습니다. 인쇄는 수이북스, 제본은 성화제책에서 각각 하였습니다. 출판사 등록일 및 등록번호는 2003. 2. 6. 제10-2567호이고, 주소는 서울시 마포구 성미산로16길 18, 전화는 (02) 3143-6360, 팩스는 (02) 338-6360, 이메일은 shantibooks@naver.com 입니다. 이 책의 ISBN은 978-89-91075-12-6 03800이고, 정가는 13,000원입니다.

이 도서의 국립중앙도서관 출판시도서목록(CIP)은 e-CIP홈페이지(http://www.nl.go.kr/ecip)와 국가자료공동목록시스템(http://www.nl.go.kr/kolisnet)에서 이용하실 수 있습니다.(CIP제어번호: CIP2010003506)

너, 행복하니?

보통 아이들 24명의 조금 특별한 성장기

차례

추천의 글

조한혜정 / 연세대 사회학과 교수, 하자센터장

대한민국 서울시 영등포에 작은 정거장이 하나 있었다. 아니 정거장 마을이라고 하는 것이 낫겠다. 지금은 그런 정거장 마을이 여럿 있지만, 그때는 대한민국에 그런 정거장이 하나밖에 없었다. 그곳은 집과 고향 마을이 답답해서 새로운 마을을 찾아 떠나는 십대들이 모여드는 곳이었다. 어른도 아니고 아이도 아닌, 어중간한 나이의 십대들은 〈반지의 제왕〉에 출연하는 아이들 비스름한 모습으로 그곳에 모여들었다. 그들은 그곳에서 나침반을 마련하고 물통과 지도, 비상약, 양식과 여행에 편리한 복장과 장비도 마련했다. 가고자 하는 곳이 멀고 험하다 싶으면 가기 전에 그 마을에 머물면서 무술이나 축지법을 익히고 요술피리 부는 법을 익히기도 했다. 그리고 무엇보다 그들은 그곳에서 동행할 길벗을 구할 수 있어 좋았다.

나는 한때 그곳의 역장 노릇을 하였다. 그리고 휘는 역의 지배인이었다. 엄청나게 두뇌 회전이 빠르고 부지런하고 열정적인 휘는 아주 훌륭한 지배인이었지만, 때로 잔뜩 짜증이 나 집을 뛰쳐나온 십대들의 마음을 잘 읽어내지 못하기도 했다. 그것이 못마땅했던 역장은 지배인에게 건물 관리만 하는 것이 아니라 여행자들의 마음 관리도 할 수 있어야 하니 개찰구에서 일해 보는 것이 어떻겠냐고 제안했다. 개찰구에서 오가는 여행자들을 유심히 관찰하면서 그들이 마을 어디에 묵는 것이 좋을지, 언제 다른 곳으로 떠나게 될지를 세밀하게 보면서 진정한 역 관리자들이 되어보자고 했다.

그래서 휘는 개찰구에서 일했다. 개찰구에서 일한 지 얼마 되지 않아 그는 많은 여행자들과 친해졌고, 그들과 사랑에 빠지기 시작했다. 멘토이면서 파트너로 많은 재미난 일도 함께 벌여가기 시작했다. 마을의 방송 프로그램도 기획하고, 신문에도 글을 자주 썼으며, 마을 안팎에서 다양한 축제판을 벌이기도 하면서 다른 먼 곳의 사람들과도 내통했다. 휘는 그 정거장을 들락거리며 많은 젊은 여행자들과 만나가면서 세대간의 소통 비법을 알아가고, 새 시대와 소통하는 아픔과 기쁨을 알아가는 듯했다.

새로운 경험을 하는 사람은 기록의 욕망을 갖게 된다고 한다. 휘는 자신이 알게 된 멋진 아이들에 대한 이야기를 나누고 싶어졌는지 그 바쁜 와중에도 짬을 내서 부지런히 그들의 이야기를 기록해 두었다. 그 기록은 2004년 봄 《너, 행복하니? ―보통 아이들 24명의 조금 특별한 성장기》라는 제목으로 출간되었고, 많은 사람들에게 새로운 길을 여는 모습을 보여주었다. 이제 우리 주변에는 그 책에 나오는 것과 같이 사는 아이들이 아주 많아졌지만, 그 책이 나올 당시는 아주 특별한 소수 아이들의 이야기였다. 지금 이렇게 행복한 십대들이 많아진 것은 일면 그때 휘가 그런 책을 부지런히 써냈던 덕분이 아닌가 한다.

돌이켜보면 그때 그 정거장 마을을 가장 즐겼던 사람 중 한 명이 바로 휘였던 것 같다. 아름다운 사람들을 많이 만났기 때문이다. 십 년이 지난 지금, 그 책에 등장했던 십대들이 어떻게 살고 있는지 궁금하다고? 사실상 행복하기도 하지만 많이 불안해 했던 그들은 지금 지구 여러 곳에서 마을 역장을 하기도 하고 예술가가 되기도 하고 또 휘처럼 잠시 개찰구에서 아이들을 만나기도 하면서 행복하게 살고 있다. 휘? 평론가이자 예술가이자 기획자인 김종휘는 지금 흰머리 희끗하게 휘날리면서 행복한 역장으로 살고 있다.

이것은 오늘이 십 년 후, 곧 2014년 봄이라고 가정하고 써본 책 추천사이다. 질풍노도의 나이라는 십대 청소년들에게는 이제 가정도 하자센터와 같은 '정거장'이어야 할 것이다. 21세기는 희망이 사라진 시대라 하지만, 행복감을 느끼며 살아갈 아이들은 계속 커나갈 것이고, 그들이 세상을 구원할지도 모른다. 행복하게 살고 싶은 친구들에게, 그리고 그런 아이로 기르고 싶은 부모와 선생님들에게 일독을 권할 책이 나온 것은 무척 다행스런 일이다.

나는 지금 행복하다!

사람은 자신이 하고 싶은 것을 하고 살아야 행복하다. 아이도 어른도 마찬가지다. 하고 싶은 것을 하는 사람들끼리 어울려 살 때 가장 행복하다. 하기 싫은 것을 억지로 하는 노릇만큼 불쌍하고 불행한 일도 없다.

모든 이들이 저마다 자신이 하고 싶은 것을 하고 살아가는 세상이 좋은 사회다. 하고 싶은 것을 하다가 생기는 문제는 사람을 성장시킨다. 하고 싶은 것이 서로 다르거나 충돌해서 벌어지는 싸움에는 발전이 있다. 설사 내가 하고 싶은 것을 잠시 유보하더라도 누군가 자신이 하고 싶은 것을 하고 있는 모습은 보기만 해도 행복하다.

세상에서 가장 못된 짓은 하고 싶은 일을 못하게 훼방하는 일이다. 자신이 하고 싶은 일을 하지 않고 다른 이가 하고자 하는 것을 방해하는 것만큼 어리석은 일도 없다. 얼마나 많은 이들이 자신의 행복보다는 다른 이들의 불행에 관여하고 있는 것일까? 당신이 불행해야 내가 행복해질 수 있다는 생각은 오직 인간만 하지 싶다.

이런 상상은 불쾌하다. 하지만 우리가 겪는 현실은 얼마나 잘못되어 있는가? 하고 싶은 것을 하지 못하게 설득하고 방해하고 악담하는 일에 우리는 소중한 에너지를 낭비하면서 산다. 하루 일과 중 하고 싶지 않은데 억지로 하는 일이 얼마나 많을까? 아이들은 또 하기 싫은 것들을 하느라 얼마나 진땀을 빼며 살고 있을까?

자신이 지금 불행하다고 생각한다면, 아니 행복한 것 같지 않다고 느낀다면 틀림없이 하고 싶은 것을 하고 있지 않기 때문이라고 나는 생각한다. 하고 싶은 것이 있는데 못하게 되는 경우라면 그나마 낫다. 장애물에 걸려 번번이 넘어지더라도 하고 싶은 것이 있는 동안에는 행복하다. 실현하지 못해서 문제가 아니라 좌절하기 때문에 문제다. 꿈을 꾸는 동안에 우리는 꿈을 닮아간다.

하고 싶은 것을 하지 않는 것은 거의 대부분 내가 하고 싶은 것이 무엇인지 모르기 때문이다. 하고 싶은 것을 알지 못하는 것이야말로 모든 불행의 씨앗이다. 나중에는 뿌리가 무성하게 자라나서 도무지 내가 하고 싶은 것이 무엇인지 영영 미스터리가 되고 만다. 열심히 공부해서 명문 대학에 들어가고 일류 기업에 취직을 하고도 자신이 하고 싶은 것이 무엇인지 몰라서 심드렁하게 살아가는 젊은 이들이 얼마나 많은지 모른다.

이 책은 자신이 하고 싶은 것을 하고 살면서 나는 지금 행복하다고 말하는 아이들의 이야기를 묶어놓은 것이다. 자신이 하고 싶은 것이 무엇인지 알고 있고 또 그것을 지금 하고 있기 때문에 이 아이들은 하기 싫은 것도 즐겁게 할 뿐 아니라 하고 싶은 것을 멈추고 기다릴 줄도 알고 있었다. 이 아이들을 만나고 함께 대화하는 일은 내가 겪은 가장 기쁜 일 중의 하나였다.

대입 위주의 삐뚤어진 교육과 각종 청소년 사회 문제와 고용 없는 시대의 청년 실업난 등 삼중고에 시달리는 아이들은 어른이 된 뒤에도 컨베이어 벨트에 실려 운반되는 물건처럼 그저 남들이 가는 길을 따라 흘러가기에 바쁘다. 어디선가 멈추어 서거나 벗어나는 일을 두려워한다. 내 생각에 그것은 행복해지기를 두려워하는 모습과 다르지 않다. 단 한 번도 내가 하고 싶은 것을 찾아 맘껏 숨을 쉬어본 적이 없는 아이들은 "하고 싶은 것이 무엇이냐?" 같은 질문을 무서워한다. 오직 하라는 대로, 시키는 대로 해야만 한다고 여겨온 것들을 하면서 한숨을 내쉴 뿐이다.

내가 만난 스물 네 명의 아이들은 저마다 하고 싶은 것을 하며 살고 있는 아이들이다. 이 책은 최소한 이 아이들을 통해 접한 스물 네 가지의 하고 싶은 것들에 관한 이야기며 스물 네 가지의 행복한 시나리오에 대한 이야기이다. 동시에 그런 아이를 알고 있고 후원했으며 관계 맺었던 어른들의 흔적이 담겨 있는 책이기도 하다. 부모와 교사와 멘토들이 먼저 읽어보기를 권한다.

삶의 순환의 진리는 나이를 먹어 어른이 되면 아이를 돌보며 친구처럼 의존하며 살아가도록 만드는 것 같다. 아이를 낳아 기르지 않더라도 어른이 되어 행복한 삶을 추구한다면 할아버지나 할머니가 되어 손녀 손자를 벗하는 황혼이 오기 전에 조금이라도 일찍 청소년 친구를 만드는 일이 현명할 것 같다. 아이와 어른은 서로에게 좋은 성장의 거울이 되어주기 때문이다.

"나는 지금 행복하다!" 이 말이 어른의 입에서 나온다면 그것은 필시 곁에 청소년 친구가 있기 때문일 것이라고 나는 믿는다. 벗하는 아이가 있고 스승이 되어주는 아이가 있기 때문이라고 생각한다. 이 아이들을 만나면서 내가 행복한 기분에 사로잡혀 고양될 수 있었던 것은 전적으로 이 아이들의 이야기가 내게 거울이 되어주고 스승이 되어주었기 때문이다.

이 책에 나오는 스물 네 명의 아이들에게 감사의 예를 갖추고 싶다. 원래는 모두 스물 다섯 명의 아이를 만났었지만, 민희는 자기 이야기가 신문에 이어 재차 거론되는 것에 대해 아직은 마음의 준비가 덜 되었다며 싣지 말 것을 요청해 왔다. 민희를 포함해서 내가 만난 스물 다섯 명의 아이들과 함께 했던 지난 시간들 때문에 이 글을 쓰는 지금 나는 기쁘다. 인터뷰에 응해 주고 책으로 나오는 것을 허락해 준 아이들에게 정말 고마웠다는 말을 다시 전한다.

감사해야 할 사람은 또 있다. 책에도 등장하는 준표를 통해서 나는 이 아이들의 다수를 소개받을 수 있었다. 언제나 새로운 인물을 추천하며 선선한 웃음을 건네준 준표에게 제일 먼저 감사의 마음을 전했어야 할 것 같다. 내가 먼저 쓰지 않았더라면 준표가 몇 해 뒤에는 비슷한 컨셉트로 책을 냈을지 모르겠다는 생각이 든다.

나의 취지와 제안을 받아들여 8개월 동안 매주 1회씩 한 쪽에 달하는 큰 지면을 제공해 준 《문화일보》에도 고맙다는 인사를 전한다. 다른 일에서도 그랬지만 항상 제일 먼저 내 뜻을 간파하고 적절한 길을 열어준 《문화일보》 문화부 양성희 기자에게 감사하고, 넉넉한 여유로 뒷받침을 해준 문화부 배문성 부장에게도 감사한다.

끝으로 문화 전반에 걸쳐 주변머리 없이 곳곳을 들쑤시고 다니는 일에 만족하고 살던 나에게 우리 사회의 십대 청소년 문제를 주목하게 만들어준 하자센터의 모든 동료와 친구에게 감사 드린다. 특히 단 한 명의 청소년, 자신의 이름을 갖고 고유한 삶의 역사를 가지고 있는 단 한 명의 청소년과 진지하게 마주하도록 사사건건 코멘트를 아끼지 않았던 조한혜정 선생과 전효관 선배에게 감사 드린다.

돌아보면 지난 4년 동안 하자센터(www.haja.net)는 내가 진행하는 CBS 라디오 청소년 상담 프로그램 'N 클리닉'(www.cbs.co.kr)과 함께 나를 십대 청소년의 삶으로 이끈 운명적인 공간이자 시간의 총체라고 할 수 있다. 어느 날 갑자기 이 두 현장이 한꺼번에 나를 방문했다. 그때부터 내 인생에는 계획에 없던 십대들의 이야기가 넘쳐나기 시작했다. 아직도 새로운 고민거리와 힌트를 만들어주는 그 이야기들은 나의 생활과 생각에 많은 변화를 가져왔다.

책을 출판한 샨티의 이홍용 주간과 이평화 실장에게도 감사한다. 두 분은 신문 연재가 중반쯤 접어들었을 무렵 내가 일하던 하자센터로 찾아왔다. 함께 동네 식당에 가서 두 분은 팥 칼국수를 먹었고 나는 콩국수를 먹었다. 그 자리에서 산티의 책 몇 권을 선물받았다. 그중 《인디고 아이들》이라는 책이 기억에 남는다. 내가 인터뷰하고 있던 아이들의 저 머나먼 우주 기원을 밝혀주는 예시처럼 다가왔다. 그로부터 얼마 뒤 나는 전화를 걸어 책을 출판하자고 말했다.

스물 네 명의 아이들과 일일이 만나 사진을 찍어주고 포토샵 작업을 해준 사진 작가이자 디자이너인 '쩐빵'에게 감사한다. 책을 보기 좋게 만들어준 디자이너 김태헌 씨에게도 감사한다. 내가 신문 연재를 위해 찍었던 사진도 나름대로 괜찮았다고 생각하지만, 스물 네 명 아이들 각각의 서로 다른 독특한 분위기를 살려내지 못한 약점이 있었다. 두 분의 활약 때문에 나는 대만족이다.

아무쪼록 이 책을 읽고 "나는 지금 행복하다!"고 말하는 아이들의 삶의 이야기를 지켜보는 일이 얼마나 행복한 일인지 제대로 맛볼 수 있기를 바란다. 아울러 아이든 어른이든 독자들도 스스로 자신의 행복을 찾아 하고 싶은 일을 하며 살게 되기를 기원한다. 하고 싶은 것을 찾아가는 모든 곳에 길이 생긴다. 그 길이 바로 당신과 내가 걸어가야 할 행복의 노선이다.

2004년 5월
김종휘

당신의 아이는 당신의 아이가 아니다.
그들은 그 자체를 갈망하는 생명의 아들딸들이다.

그들은 당신을 통해 왔지만
당신으로부터 온 것이 아니다.
그리고 그들은 당신과 함께 있지만
당신의 소유물이 아니다.

당신은 그들에게 사랑을 주어도 좋지만
당신의 생각을 주어서는 안 된다.
왜냐하면 그들은 자신의 생각을 갖고 있기 때문이다.

당신은 그들을 좋아하려 애쓸 수 있다.
하지만 그들이 당신을 좋아하게 만들려고 하지 말라.

인생은 뒤로 가는 것이 아니며
어제와 함께 머물러서는 안 되기 때문이다.

칼릴지브란,《예언자》중

여러 우물을 팔수록 풍부해지는 아이들

예진
미지
효인

●

교과 성적이 두루 우수한 모범생은 정작 사회에 나가서 별 볼일이 없다고 한다. 내가 어렸을 때 많이 들었던 어른들의 말이다. 그러면서 덧붙이는 한마디. "한우물만 파라. 뭐든지 하나만 잘하면 산다." 이것저것 손대는 것은 많은데 어디에서도 뚜렷한 성과를 보이지 못하는 아이를 볼 때 부모는 한숨을 내쉬며 말한다. "저 애가 커서 뭘 하려나……"

교사들도 학생을 평가할 때 공부를 잘하는 아이가 아니면 대개 이렇게 말하곤 한다. "노래면 노래, 운동이면 운동, 글이면 글, 뭐 하나 똑 부러지게 일등을 해야지, 잡다하게 이등만 많이 해서는 쓸모가 없어." 정말 그런 것일까? 관심사가 다방면으로 뻗친 아이는 그저 산만한 성격의 소유자이고 아까운 시간만 낭비하는 것일까? 나도 그런 아이였기 때문에 알지만 사실은 안 그렇다.

온갖 것에 한눈을 잘 파는 아이에게 성장기 십 년 정도의 시간을 주고 하고 싶은 대로 할 수 있도록 고스란히 맡겨둔다고 해보자. 아이는 자라서 뭘 하든 할 것이며 그것도 아주 잘할 것이라고 나는 장담한다. 믿지 못하는 부모나 교사에게 나는 예진이, 미지, 효인이를 소개시켜 주고 싶다. 이 아이들은 자라면서 여기저기에 우물을 많이 팠지만 소용이 없는 우물은 하나도 없었다. 나는 이 아이들이 보낸 성장기를 우리 사회의 모든 아이들에게 나눠주고 싶다는 생각을 해본다.

지금 여기에서 해맑게 웃어본 적이 없는 아이는 커서 쓴웃음밖에 지을 줄 모르게 된다. 웃을 줄 모르면 울 줄도 모르는 법이다. 도전하고 만족하고 관심사를 바꿔 다시 도전하는 인생의 경험을 청소년기에 주지 못하면서 우리는 과연 무슨 미래를 기대하고 있는 걸까?

이 아이들은 소위 정보화 시대와 지식 기반의 사회에도 잘 들어맞는 모델이다. 이제는 어떤 문제든 부딪쳐서 해결하는 능력을 갖고 있고 기존의 자원들을 조합해서 새로운 것을 창출할 줄 아는 사람이 각광을 받는다. 그러자면 장차 먹고살 직업을 서둘러 결정하기보다는 입맛 당기는 대로 두루 겪어보면서 자신을 관리하고 자기 생애의 흐름을 기획할 줄 알아야 한다. 이아이들이 그런 사례다.

그러나 어른들은 내 아이를 잘되게 하려고 공부를 시키면서도 아이의 가방만 점점 무겁게 만들고 있다. 표정이 심드렁하고 몸이 구부정한 아이를 똑바로 보자. 하고 싶은 것을 하게 내버려두고 곁에서 관찰만 잘해도 아이는 알아서 성장한다. 무엇에든 관심을 갖고 열심히 한다는 것, 거기에서 얻는 소득은 일등의 감격이 아니라 자아를 풍부하게 일궈나가는 기획력과 창의력이다. 무엇을 택할 것인가?

●

예진. 무엇을 하든 관심은 언제나 사람

　　대학에서 경영학을 전공하는 예진이는 내가 진행하는 라디오 프로그램에 목소리로만 두 번 소개된 적이 있다. 강원도 영월에서 초등학교 3학년 때부터 시작한 문화재 자원 활동이라는 독특한 이력으로 대학에 수시 입학한 경력 때문이었다. 이미 언론에 수 차례 보도된 바 있다. 나는 무척 쾌활했던 예진이의 음성 너머에 또 다른 사연들이 많겠구나 싶었는데 직접 만나기는 처음이었다.

　　인터뷰를 해보니 예진이에게는 잘 알려진 문화재 향토 일기 외에 실로 다양한 세계가 넘쳐나고 있었다. 여행, 우표, 사진, 엽서, 그림 메모, 신문 기사 스크랩, 특허를 딴 자석 냄비 받침대 발명, 스낵 치토스 봉지에 든 따조 수집까지. 예진이의 작은 방 안에 한 가득 들어차 있을 잡동사니들의 풍경이 떠올랐다. "버리고 또 버려도 너무 많아요." 목소리가 참 명랑하다.

여기에서는 예진이의 우표 수집 이야기만 들어보자. 카 인테리어와 자동차 보험을 겸하는 부모의 등기 우편물 심부름을 하느라 어려서부터 우체국에 자주 들락댔다는 예진이. 그때마다 엄마가 새 우표를 사주면서 우표와 인연을 맺었다고 한다. 해서 예진이가 '대한민국 청소년우표전시회'에 첫선을 보인 것이 중학교 1학년 때. 각자 테마를 정해서 참가하는 대회였다. 대개는 유명인, 자동차, 건축물, 곤충, 풍물 등이 단골 테마였던 데 반해 예진이는 사람의 표정에 실린 희로애락을 생각했다.

발상도 남달랐지만 나를 감동시킨 것은 예진이의 용의주도한 준비 과정이다. 예진이는 대학 주소를 찾아서 얼굴도 모르는 전국의 의과 대학 교수 50여 명에게 무턱대고 편지를 보냈단다. 자기소개와 편지를 보내게 된 이유를 또박또박 설명한 다음에, "이런 웃음은 어떤 근육을 쓰고 건강에는 어떤 영향을 주나요?" 같은 질문을 가득 담아 보냈단다. A4 용지로 자그마치 네 장의 장문이었다는데, 그것을 일일이 손으로 써서 쉰 통의 편지를 보낸 것이다.

깨어 있는 어른이라면 이런 편지를 받고 가만히 있을 리가 없다. 정성은 통하는 법이고 열정은 사람을 감전시킨다. 다섯 분의 교수에게 답장이 왔다고 한다. 그분들 중에서 가톨릭대학의 한승호 해부학 교수는 자신이 손수 번역한 원서의 복사본에 중요한 대목마다 색칠까지 해서 단행본 분량의 자료를 우편으로 보내왔다고 한다. 이런 답장을 받은 아이가 장차 어떻게 되겠는가. 예진이는 지금까지도 한승호 교수와 메일로 안부를 묻는 사이라고 한다.

고등학교 2학년 때까지 예진이는 모두 그런 과정을 거쳐서 다섯 번 우표 전시회에 나갔다. 그리고 매번 전국 일등을 했고 국제 대회에도 나가 수상을 했다. 당연한 결과다. 예진이의 우표 테마는 계속 사람이었는데, 한 번은 사형을 주제로 잡아 관련 책들을 읽은 다음 엠네스티에 편지를 보내 자료를 구했단다. 존 우드퍼드의《허영의 역사》를 읽고 우표 전시를 기획한 적도 있다고 한다.

이쯤이면 우표 수집은 청소년기의 한때 유행이나 매니아적 취향을 넘어선다. 예진이의 우표 수집은 제대로 된 인류사 학습이자 다방면의 전문가를 사귀는 펜팔이고 마음의 공부라고 할 수 있을 것 같다. 나도 한번 예진이의 편지를 받아보았으면 하는 생각까지 들 만큼 가슴 떨리는 감동의 만남들이었을 것 같다. 만약 학교 수업을 전부 이런 방식으로 바꾸면 어떤 일이 벌어질까?

예진이의 우표 수집이 사람이라는 테마로 귀결된 계기가 궁금했다. 우표 전시회에 처음 나갔던 중학교 1학년 때란다. 기아에 시달리는 아프리카 소년의 사진이 담긴 우표를 보고 "마음에 콕 와 닿는 것"이 있었다고 한다. 그때 예진이는 가난한 이들의 집을 지어 주는 건축가를 꿈꿨단다. 그러다가 '국경 없는 의사회'처럼 의료 봉사 활동을 하는 것으로 바뀌었다. 지금은 아프리카처럼 버려지고 왜곡된 세상의 진실을 알리는 방송사 기자를 생각하고 있단다.

"부모 것과 자기 것을 구분 못하고 과시하는 대학생"이 가장

직접 만나봐야 안다. 사람을 척척 끌어당기는 흡인력과 기분 좋게 대화를 엮어나가는 예진이를 만난 뒤 내가 그만한 사람을 만난 적이 없다는 것을 알았다. 누구나 좋아할 친구.

보기 싫다는 예진이는 대학에서 한국 정치사를 공부하면서 "소외된 계층의 자리에서 바라보는 관점"을 조심스레 가다듬는 중이라고 했다. 고등학교 2학년 때 문화재 자원 활동 경력으로 미국 중고생자원 봉사대회의 한국 대사로 가보았던 워싱턴을 잊지 못한다고 예진이는 말했다. 아프리카보다 더 많은 아프리카 문화재와 자료가 미국 소유물로 전시되는 것을 보면서 "이런 게 제국인가?" 싶었다는 그때의 기억……

"사람 표정이 만 가지가 넘어요. 그중 무표정이 제일 안 좋죠. 분하면 화를 내고 좋으면 웃어야죠. 무표정은 자신에게 가장 충실하지 못한 거예요."

학보사 기자를 거쳐 학교 안내 동아리와 기업에서 운영하는 대학생 웹진 기자를 겸하고 있는 예진이에게 할 일은 너무나 많아 보였다. 예진이는 헤어질 때도 한 손에는 캠코더를 들고 있고 또 한 손엔 그림 메모장과 책들이 든 가방을 둘러멘 모습이었다. 총총걸음으로 바삐 걸어가는 예진이의 뒷모습에도 환한 미소와 명랑한 기운이 깃들여 있었다.

어른 친구들이 많아질 수밖에 없는 이유

예진이의 부모 이야기는 듣는 내내 기분이 좋았다. 아버지가 사람을 너무 좋아해서 "집에서 늘 부어라 마셔라 하는 소리 들어가며 공부했다"며 예진이는 웃었다. 그 아버지는 주말마다 예진이를 데리고 여행을 갔다고 한다. "몸으로 하는 봉사 활동이 얼마나 멋있는지" 손수 보여준 아버지고, 곧잘 할아버지 산소에 가서 "안녕" 무덤에 인사하곤 예진이와 제초를 하며 눈물을 가르쳐준 아버지다.

"잔소리 많은" 어머니는 본인의 의견을 정확하게 말할 뿐이지 예진이에게 요구하지는 않았단다. 또 어머니는 "적당한 때마다 미끼를 주었다"고 한다. 좋은 행사가 있다는 신문 기사를 오렸다가 건네주며 가보게 유도하고, 예진이의 글짓기 대회에 동행해서 자신도 옆에서 시를 쓰고 품평을 나눴단다. 자취를 하는 예진이에게 지금도 "늘 너와 함께 있다"는 믿음을 주는 분이다.

예진이는 누구든 한번 만나면 후원자로 만드는 타고난 재주가 있는 것처럼 보였는데, 아니나 다를까 정말 많은 어른 친구들이 있었다. 교사는 물론이고 문화재 자원 활동으로 사귄 공무원, 봉사 단체 사람들, 기자 등 끝이 없다. 광주에서 병원을 경영하는 전세영 원장과 서울에서 사업을 하는 김요치 할아버지는 우표로 인연을 맺은 분들이다. 지금도 좋은 행사나 희귀 자료가 있으면 늘 챙겨주고 "얘가 예진이요" 하고 여러 곳에 소개를 해주신다고 한다.

예의 바르고 활달하고 솔직하며 늘 웃음 짓는 예진이를 앞에 두고 누군들 무표정할 수 있을까? 그러나 예진이도 점차 이해할 수 없는 벽에 부딪치는 경험이 늘고 있다고 한다. 학보사 시절, 누드 모델을 취재해서 그 사람의 누드 사진을 첨부했으나 담당 교수의 일방

적 판단에 의해 실리지 못한 일이나 문화재와 관련된 각종 세미나와 포럼이 담당 공무원이나 실무자 참여 없이 학자들끼리 탁상공론으로 끝나고 마는 일 등은 예진이의 눈에는 이상한 사례들이다.

상식과 미소를 자연스레 체득하며 자라온 예진이에게 앞으로 이 사회는 얼마나 더 엉터리로 드러나게 될까? 하지만 예진이가 있기 때문에 세상은 한 뼘씩 차근차근 좋아지게 될 것이라는 믿음을 갖게 된다. 사람을 좋아하는 예진이가 장차 전공을 살리게 된다면, 모든 직원에게 웃음과 눈물의 감동을 곱으로 주는 경영자가 되어 있을 것 같다.

미지. 하고 싶은 걸 할 때 난 존재한다

　　계급과 지역과 성의 차별이 극심한 한국 사회에서 '잘 자란다'는 공공의 기준은 과연 무엇일까? 가족의 넉넉한 품에서 자율적 인격을 형성하는 것. 입시 지옥에 내몰리는 대신에 문화적 체험을 골고루 해보는 것. 하고 싶은 것과 해야 하는 것을 스스로 합치하려는 태도를 갖추는 것. 이런 것이 '잘 자란다'는 기준이 된다면, 미지의 경험을 표본으로 삼아 연구를 해서 공교육을 살릴 획기적 대안을 만들 수 있다고 나는 생각한다.

　　우선은 대학교 3학년인 미지의 일주일부터 보자. 주 5일간 낮 시간에는 수업을 받고 밤 시간에는 통째로 학보사 일에 투자한다. 그냥 쓰기만 하는 일이 아니다. 기획과 취재와 조판과 교정과 편집을 다 한다. 주말 시간은 자신이 결성한 밴드의 멤버들을 만나 합주 연습을 하면서 몽땅 쓴다. 상당히 바지런을 떠는 스케줄이다. 미지를 만나보면 이렇게 바삐 사는 모습이 당연한 것처럼 여겨져 자꾸 나의 일주일을 돌아보게 되는데, 미지에게는 몸으로 터득해 온 생활이란다.

미지는 포항제철 초·중·고등학교를 다녔다. 미술과 음악을 사랑하는 부모의 영향을 받아 실로 왕성한 문화 예술의 세례를 받고 자란 미지이지만, 예능 과외나 학원을 통해 이루어진 것은 하나도 없다니 놀라울 뿐이다. 초등학교와 중학교 9년 동안 미지는 학교와 지역 사회를 통해 무용, 성악, 중창단, 회화, 조각, 글짓기, 신문사 소년 기자 등 다양한 체험을 했다. 그것도 모교와 지역과 전국에서 받은 상도 꽤 될 만큼 제대로 학습하고 연마했다.

이런 교육이 '엘리트 사교육'을 통하지 않고도 가능하다는 사실에 대해 아마 많은 부모와 교사가 쉽게 받아들이지 않을 것 같다. 물론 포항제철이라는 대기업이 자리잡고 있는 지역의 특성 때문일 것이다. 또 그곳에서도 독하게 사교육을 시키는 부모들이 있을 테고 무수한 학원들이 있을 것이다. 하지만 나는 미지의 사례를 보면서 울산과 구미 등을 교육 특구처럼 정해서라도 그런 학교 모델을 계속 확대하는 실험을 해야 한다고 더 확신하게 되었다.

미지는 어려서 시작한 그 다양한 경험을 "공부나 직업적 목표라고 생각해 본 적이 없다"고 기억했다. 그런데도 "음악, 미술, 문학을 뺀 나를 상상할 수 없다"고 말하고 있었다. 이 두 가지의 엄청난 이야기가 미지의 입에서 태연하게 흘러나왔다. 내가 바라던 모델이다. 여기에는 "예술은 스스로 맛보며 느낀 만큼 하게 되는 것"이라는 부모의 소신도 큰 버팀목 역할을 했으리라.

그러나 대한민국 어디라고 입시 지옥의 거센 블랙홀에서 자유로울 수 있겠는가. 미지도 고등학교에 진학하면서 대입을 위한 공부에 골머리를 앓을 수밖에 없었다. 그렇다고 자신이 원하는 대로 풍부한 세계를 맛보면서 잘 자라온 생명체가 하루아침에 입시 공부 기계로 돌변할 리도 없다. 미지는 궁리 끝에 샛길을 찾아낸다.

"모의 고사 시간에 잤어요, 아주 떡칠려구요." 언어와 외국어 외에는 백지로 시험지를 냈다는 미지. 당연히 성적이 왕창 떨어졌다. 그러고서 미지는 담임에게 찾아가 "공부가 안 되네요. 저는 상 타서 대학 가야 할까봐요" 말했다고 한다. 덕분에 "고 3 때 책 제일 많이 읽었다"며 뿌듯한 표정을 짓는다. 물론 국어 경시와 문학 경연 등 갖은 대회의 입상 경력도 쌓았지만, 가장 큰 자산은 학교에 가서는 잠자고 집에서 밤새워 새벽 4시까지 책 보고 글썼던 그 시절 경험이란다.

고등학교장 추천 특별 전형 최우수 언어 특기자로 대학에 간 미지가 학보사를 선택한 것도 "공적인 기사 쓰기에서 편집과 디자인까지" 배우겠다는 포부 때문이다. 장차 뉴욕디자인스쿨에 교환 학생으로 가겠다는 미지에게 희망 진로나 직업을 물었다. "정말 할말이 없네요." 첫 말을 그렇게 꺼낸 미지는 소설 창작과 음악 작곡을 하고 싶다며 당장의 욕구가 무엇인지를 거듭 말했다.

미지를 볼수록 미지가 정말 입시 지옥의 교육 체제에서 성장한 아이일까 놀라게 된다. 하고 싶은 것을 다 하면서 자란 아이의 풍요로운 미래가 어떤 것인지 미지는 잘 보여준다.

웬만큼 사는 집이지? 맘대로 컸지? 밥벌이 걱정 안 하지? 내 안에서 팝콘처럼 튕겨나갈 듯 잔뜩 달아오른 알갱이들을 느꼈을까? 미지는 "밝힐 수는 없지만 먹고사는 일 정말 열심히 준비하고 있다"고 진득하게 대답한다. 직접 몸을 놀려서 좋은 씨앗을 심고 또 몸에 좋은 것만 골라 수확하는 미지의 성실한 섭생에 내 옹알이는 좀 관념적인 투정이 아니었나 싶어지는 순간이었다.

포항제철의 특수한 지역적 기반. 중심에 주눅들지 않는 주변. 방목하듯 자녀 교육을 해온 부모. 그리고 자기 억압의 내재적 역사 없이 성장한 외동딸. 미지의 미래가 자꾸 궁금해지는 이유는 '서울 중심에서 남성으로 자란다는 것'에 내가 너무 회의적이기 때문일지도 모른다. 미지에게서 배어나오는 그 당당한 지역성과 여성성은 자꾸만 나를 자극한다. 추상의 허울이 아니라 인간 개별의 구체적 계급성을 극복하게 하는 성숙한 개인의 공간은 어떻게 만들어지는 것일까?

대학에서 첫 겨울 방학을 맞아 지독히 앓았을 때 여성 신학자 현경의 책《결국은 아름다움이 우리를 구원할 거야》를 읽고 몸을 추스렸다는 미지. 간절히 열망하면 계시가 나타난다는 뜻의 히말라야 방언 '랑중'을 닉네임으로 쓰는 연유가 거기 있었다. 아파도 꿈을 꾸어라, 꾸고 현실에 토해 내라, 토해 낸 꿈의 자국을 닮아가라, 계속해라…… 미지는 그렇게 내면을 키워놓고 있었다.

교육이라는 이름으로 가둘 수 없는 삶

미지는 고등학생이 된 이후 지금껏 일렉트릭 기타를 손에서 놓지 않고 있다. 아니 언제 어디서든 밴드를 만들고 연습하고 공연을 한다. 많은 것을 부담 지더라도 이것만은 절대 포기하지 않는다. 직업으로 할 것이 아닌데, 돈 버는 일도 아닌데, 명예나 인기를 바라는 것도 아니라는데, 미지에게 이것은 무엇을 의미하는 것일까?

고등학교 1학년 때 포항에 온 크라잉 너트 공연 포스터를 보고 찾아간 클럽에서 오프닝 공연을 마친 로컬 밴드의 리더가 말했단다. 기타 배울 사람은 찾아오세요, 라고. 그때부터 미지는 영일만 공중 화장실 건물 지하에 위치한 합주실의 일원이 되었다. 강습비도 없이 기타도 빌려서 시작한 미지는 가끔씩 급식권을 팔아 모은 돈으로 감사의 뜻을 전하곤 했단다.

이후 미지의 밴드 이력은 크고 작은 공연과 지역 방송 출연으로 발전했다. 당연히 학교 생활에선 요령을 피워야 했는데, 자기 뺨을 여러 번 때려서 붉게 만든 뒤 아프다며 조퇴를 하기도 하고, 안 하는 과외를 핑계로 야간 자율 학습을 밥먹듯 빼먹곤 했단다. 학교 친구들과 담임도 모르던 미지의 비밀은 탄로가 났고, 고등학교 3학년 한 해 동안에는 휴지기를 가졌지만, 서울에 온 직후 제14회 유재하 음악경연대회 참여로 밴드 활동을 재개했다.

지금도 두 개의 밴드를 만들어 리더를 하고 있는데, 이 줄기찬 활동을 단지 취미라고 하기엔 설명이 부족했다. 미지는 "나는 내가 하고 싶은 것을 생각하고 행할 때 존재한다"라는 말로 그것을 표현했다. 직업을 갖고 돈을 벌고 사회적으로 인정받는 것이 의미를 갖기 위해서도 미지는 음악을 해야 하는 것이다. 왜냐고? 그것은 하고 싶은 것을 포기하지 않는다는 자존감과 자신감의 표현이기 때문이다.

한국 사회는 지금 나름대로 성취했다고 하는 어른들이 자신이 정말 하고팠던 것을 일찍이 포기했다는 사실에 뒤늦게 허탈해 하며 방황하는 경우가 부쩍 늘어났다. 이런 상황에서 교육이라는 이름으로 그것을 끝내고 포기하게 만드는 짓이란 얼마나 어리석은가. 미지는 운이 좋았고 현명했다.

효인. 스타한테 미치고 나한테 미치고

　　"태생적으로 여성주의자"라고 말하는 효인이는 언덕에 올라 광활한 숲을 관찰하고 있는 듯이 보인다. 본인은 "모태 신앙의 소유자가 신앙 생활을 덤덤하게 하는 것과 같은 여성주의자"라고 스스로를 낮춰 말하고, 또 스물 네 해 인생에서 가장 뜨겁게 해본 두 가지 일이 후회된다고도 하지만 말이다. 내게는 그런 말들조차 실은 더 멀리 뛰기 위해 잔뜩 움츠리는 자신감 넘치는 전략처럼 다가온다.

　　도대체 효인이가 아쉬워하는 그 일은 무엇일까? 하나는 십대 시절 "H.O.T.를 너무 좋아해서 콘서트와 공개 방송에 미쳤던 일"이란다. 그게 어때서? 공부를 게을리 했다거나 그런 말이 나올 줄 알았더니 "감수성 예민한 때에 정말 좋은 음악을 못 들어서"란다. 게다가 이 무렵에 날이면 날마다 썼다는 팬픽은 통신에서 인기 짱이었단다. H.O.T.를 좋아한 또래 그룹에서 리더십을 키우기도 했단다.

지금의 효인이를 보면 큰 밑천이 된 게 분명하다.

　　다음으로 안타까워하는 일은 여성주의 간판 걸고 랩 한다고 덤볐던 일이라고 한다. "여자도 격렬한 힙합춤 춘다"는 걸 보여주려고 제1회 안티 미스코리아 대회 무대에 올라 "우당탕 난리를 치다 내려온" 이래 효인이는 힙합과 랩에 빠져든다. 대학 1학년 때에는 연예 기획사에서 아르바이트를 하다가 힙합 동아리를 해보자는 두 곳을 통합해서 4인조 여성 힙합팀 '제나'를 결성했다.

　　이 팀은 〈그만해〉라는 곡으로 월경 페스티벌 등 여러 여성주의 행사에 초청되며 알려질 뻔했으나 금세 해체된다. 그 뒤에 효인이는 작은 기획사에 소속이 되어 2인조 여성 힙합팀 '따따따'의 멤버로 활동하게 된다. "돈 받는 공연 많이 했고 틀려도 막하고 그랬다"는 그때 효인이는 〈달의 아이〉와 〈다이어트〉 등 여러 곡을 만들었다. 힙합 연극 〈밥퍼랩퍼〉에도 참여하는 등 유명세를 타더니 반전 집회 공연을 마지막으로 일년 넘는 팀 활동에 종지부를 찍는다.

　　왜요? "음악 사랑하는 사람들을 기만하는 일"이기 때문이란다. 이후에는 휴학하고 위성 오디오 방송국 프리랜서 PD로 취업해 13개월 동안 4개 채널을 쌩쌩 돌렸다. "허구한날 인터넷 뒤지고 방송국 기계 만지면서 흑인 음악 공부했다"는 효인이. 이렇듯 매사에 철저하고 자신의 과거를 돌아볼 때마다 에누리없이 단호하면서도 털털한 자세를 보여준다. 그만큼 내면에는 자신감이 깔려 있다는 소리인데, 그 바탕은 뭘까?

아버지를 일찍 여의고 엄마와 남동생, 그렇게 셋이서 살았다는 효인이는 초등학교 내내 "공부 말고 하고 싶은 것은 전부 배우게 해준 엄마 덕에 골고루 다 놀아봤다"고 한다. 장구, 단소, 통기타, 컴퓨터, 수영, 피아노, 스케이트 등등. 또 방학만 되면 한 번에 7~8개 캠프를 다녔을 정도로 "있다는 어린이 캠프는 싹 다 가서 골목대장 했다"고 한다.

그럼 학교 공부는 언제 했을까? "16년 학창 시절 내내 왕창 놀다가 마지막 학년마다 벼락치기 공부했다"며 "이게 내 체질일까요?" 되묻곤 씨익 웃는다. "못하는 거 절대 없는데 딱히 내세울 것도 없다"고 입맛을 다시더니, 나중에는 전화를 걸어 "지상파 라디오 PD 지원했다가 떨어졌는데 앞으로 뭘 하죠?" 또 묻는다.

남몰래 열망해 왔다는 연극에 미쳐볼까, '따따따'를 다시 해볼까, 대기업 직원이나 시민 단체 간사는 나랑 안 맞는데, 두런두런 혼잣말을 이어가는 효인이. "그렇다고 난 여성주의자로 투철하게 살 사람도 아닌데…… 나는 남자를 정말 좋아하거든요." 혼자서 말 잘하는 효인이를 물끄러미 쳐다보고 있는 노릇도 참 재미있다. 이런 효인이가 방구석에 처박혀서 혼자 훌쩍거리며 인생을 비관하고 있을 리는 만무하다. 어디서든 언제든 툴툴 털고 일어설 사람이다.

이처럼 효인이는 세상을 두루 체험하면서 든든하게 잘 성장했다. 아울러 그 오지랖 넓은 경험을 야무지게 벼릴 줄 아는 균형 감각도 갖고 있었다. 당장이라도 노래든 연극이든 글이든 일단 매달리

내가 보기에 효인이는 깡다구 짱이다. 말로는 앞날 걱정이 태산이라지만 호흡 길게 미래를 내다본다. 어떤 위기가 닥쳐와도 넉넉하게 대처하면서 실속 있게 성장할 아이다.

면 독특한 맛을 내며 한 가닥 할 듯싶어서 나는 이것저것 추켜세워 봤다. 하지만 효인이는 "우선은 사람들 관리하면서 같이 즐겁게 놀 수 있는 PD부터 해볼래요" 한다.

인터뷰를 마치고 분식집에서 라면을 먹는 동안에도 효인이는 분주하게 휴대폰을 받는다. "남자 친구예요. 고독하게 밴드를 하는데요. 참 개도 앞으로 어떻게 먹고살지……" 내 얼굴을 보며 천연덕스럽게 상황을 설명하는 효인이는 "참, 이거 엄마가 알면 안 되는데, 기사엔 싣지 마세요" 다짐을 받는다. 아무리 친구 같은 엄마라도 각자 비밀은 있는 것 아니냐면서 라면을 먹는 효인이.

늦은 밤 효인이와 헤어지고 돌아오는 길에 "시련은 있어도 좌절은 없다"거나 "기본이 바로 선" 같은 해묵은 말들이 내 안에서 신선하게 되살아나는 기분이 들었다. 여성성과 남성성을 통합해서 발효하는 태생적 여성주의자 효인이는 누구보다 자신을 잘 알고 있는 강한 젊은이였다. 스타한테 미치든 뭐에 미치든 그 과정에서 자신에게 제대로 미쳐본 사람이라면 알 것이다. 효인이가 잘살 수밖에 없는 이유를.

모녀가 따로 또 같이 서로 돌보며 살기

효인이의 이야기를 들어보면 모든 밑바탕에 엄마가 있다는 사실을 알게 된다. "나한테 영향을 제일 많이 줬고 내가 장차 영향을 제일 많이 줄 관계"라는 모녀 사이는 자식 위해 희생하는 스타일의 엄마가 아니고 엄마에게 기대 사는 딸이 아니었다. 엄마는 전교조 여성위원장을 했던 백영애 선생으로 현직 중학교 도덕 교사다.

효인이의 말에 따르면 "자기 옷은 사 입지만 딸이 옷 사 입게 돈 달라고 하면 안 주는 엄마"고, "자식 등록금은 마이너스 통장에서 나가고 결국 딸이 갚아야 한다"는 엄마이니 일반 가정과는 참 거리가 멀다. "생선 반찬도 젓가락 먼저 집어 먹는 사람이 임자"라는 모녀 사이지만, 딸 효인이는 "불만 없어요. 날 구속한 적은 한 번도 없거든요" 한다.

한번은 엄마가 집회에 나갔다가 경찰서에 잡혀가자 효인이가 집에서 엄마 옷가지 등을 챙기다가 "이거 뭔가 한참 뒤바뀐 거 아냐?" 했단다. 반면 엄마는 "아버지 제사 때마다 호박전 등 온갖 전 부치는 재주가 남다른 딸을 시집 보내기 아깝다"고 농담을 한단다. 이렇듯 각자 자신의 욕망을 바탕으로 독립적인 삶을 가꾸며 살아온 모녀의 만남에는 여성주의에 대한 미묘한 입장 차이조차 아무런 스스럼이 없다.

"여성주의 또는 페미니스트라고 의식하고 운동하며 살고 싶진 않아요. 나야 그걸 엄마 때문에 자연스레 느끼며 컸지만요. 또 여성주의 하면 세상의 선입견이나 몰이해도 있잖아요. 그 사정도 나름대로 이해를 하겠더라구요. 내가 아는 똑똑한 언니들은 전부 시민운동 하고 있던데, 난 세속적인 욕구도 강하거든요. 이게 내 모습인

데요 뭐."

효인이의 말을 듣고 있으면 내가 혹시 효인이 엄마의 목소리도 함께 듣는 것 아닌가 싶은 착각이 든다. 서로 다른데 핵심이 통하고 있다는 느낌. 여성주의자가 아니라는데 여성의 힘이 다가오고, 제대로 된 힙합이 아니라는데 음악이 들려오며, 대수롭지 않은 팬픽이라는데 살아있는 글의 느낌을 만들어내는 그 모든 여울목에서 효인이가 샘솟고 있었다.

가족의
경계 너머
행복을 찾는
아이들

상민
선혜
상봉

●

가족 해체다, 가족의 재구조화다 말들이 난무하는 시대다. 하지만 정작 혈연 가족의 안온한 품을 스스로 벗어나서 살아가는 사람은 여전히 드문 것 같다. 어쩌면 우리는 앞에서는 가족 이기주의를 비판하지만 돌아서면 그 가족 이기주의에 적극 가담하고 있는지 모른다. 가족은 실바람에도 훌렁 날아갈 보자기처럼 헐렁해졌지만, 우리는 끝내 움켜쥐고 단단히 동여매려고 애쓴다고 할까.

사실 나는 가족을 주제로 아이들을 만난 것이 아니다. 다만 아이들의 서로 다른 이야기를 들을수록 가족의 의미와 부모의 존재를 생각하지 않을 수 없었다. 이 책에 등장하는 스물 네 명의 아이들 중에서 약 60퍼센트의 부모는 경제적 안정을 바탕으로 현명하게 자녀를 기를 줄 아는 어른들이었다. 내가 말하는 현명함이란 자녀와 밀착하지 않고 적당한 거리를 유지해서 아이를 있는 그대로 볼 줄 아는 관계를 뜻한다.

나머지 40퍼센트의 부모 중 절반은 소득 수준과 상관없이 아이의 삶의 지향이나 방식에 대해서 커다란 의견 대립과 충돌을 겪고 있다. 또 다른 절반은 소득 수준과 자녀를 돌보는 능력에서 모두 열악한 부모라고 할 수 있다. 여기에서 따로 소개하는 세 명의 아이는 자의든 타의든 가족의 돌봄에서 벗어나 있었는데, 그중 한 명은 전자에 속하고, 두 명은 후자에 해당된다고 할 수 있다.

앞서 말했듯이 나는 이 아이들과 가족 문제로 대화를 나누지 않았다. 가족에 얽힌 대목들이 묻어나오고 새어나왔을 뿐이다. 어느 아이든 독립적이었다는 사실이 인상에 남는다. 부모의 지원을 받아 잘 자란 아이는 아이대로 가족에 얽매이지 않고 자기 길을 가고 있었고, 부모의 격렬한 반대에 부딪치거나 아예 집안의 관심조차 받지 못한 아이는 그 아이대로 세상을 헤쳐가고 있었다.

내가 무의식적으로 그런 아이들만 골라서 만난 것인지 모르지만, 좋은 부모를 만났든 아니든 스물 네 명의 아이들은 가정과 학교가 길렀다기보다는 사회 속에서 스스로 큰 것처럼 느껴졌다. 부모는 다른 어른들보다 조금 먼저 자녀에게 접근하고 관계 맺을 수 있는 후원자일 뿐이라는 생각이 든다. 아이란 존재는 가족의 경계 너머에서 여러 어른을 만날 때 더 잘 성장하지 싶었다.

돈버는 가부장 아빠와 자녀를 위해 희생하는 엄마라는 가족상을 갖고 자란 부모 세대의 인식과 아이들이 느끼고 생각하는 가족의 의미는 퍽이나 달랐다. 집과 학교의 쳇바퀴를 벗어나 자기 세계를 갖는 것이 아이의 성장에 가장 중요한 키워드가 된 시대에 '내 품안의 자녀'가 과연 좋은 것일까? 참, 내가 만난 스물 네 명의 아이들 중에서 한부모 가정의 자녀는 전체의 36퍼센트에 이르렀는데, 아이들이 참 잘 자라 있었다는 점도 밝혀둔다.

●

상민. 이제는 내가 그냥 희망할래요

애니메이션 영화 〈센과 치히로의 행방불명〉에서 주인공 치히로는 부모의 과보호에서 자란 심드렁한 눈빛의 아이다. 반면 신들의 세계에서 홀로 위험에 맞서며 궂은 일을 척척 해내는 센은 제 삶을 감당하는 밝은 눈동자를 가진 아이다. 병원 약제부의 평범한 사무원으로 일하다가 최근에 그만둔 상민이는 센처럼 빛나는 눈동자를 갖고 있었다.

그러나 상민이의 가족사는 가만히 듣고 있기에 너무 힘들었다. 아버지가 대구에서 사업을 하다가 IMF와 함께 부도를 내고 서울로 오면서 불행이 닥쳐왔단다. 어머니는 집을 나갔다. 무력증에 빠진 아버지와 두 형제가 남은 단칸방 집에는 정말로 쌀이 한줌도 없었다고 한다. "당장 굶어죽을 것 같아서" 막내 상민이가 동네 근처의 주유소를 찾아간 때가 중학교 1학년 겨울이었다.

상민이는 그때부터 5년 동안 같은 주유소에서 하루 여덟 시간씩 아르바이트를 했다. "제가 터줏대감 직원이죠. 소장님은 세 번, 알바생은 수없이 바뀌었는걸요." 마치 남의 이야기를 하듯이 싱글싱글 웃으며 말하는 상민이는 "주유소 시절 이야기에는 주제가 셋 있어요"라고 먼저 화제를 바꾼다.

하나는 주유소에서 일하는 시간에 심심해서 손님들의 언행을 보며 "다양한 사람 공부"를 했다는 이야기였다. 저 손님은 어떤 사람일까 혼자 퀴즈를 내고 맞추며 놀았단다. "맞았어, 역시 좋은 사람이었어." 다른 하나는 남성 어른들에 대한 위화감이었단다. 같이 일하던 아저씨들이 여성 비하나 매매춘 경험을 입에 올리는 것을 자주 들어서 나이 먹으면 저렇게 되나 싶어 한때는 어른이 되는 게 싫었다고 했다. 마지막 하나는 "노동권과 인권을 몰라서 정당한 주장을 못했다는 아쉬움"이다.

상민이는 속 깊게 남아 있을 상처나 아팠던 기억보다는 스스로 선택했다고 표현하는 여러 가지 체험과 생각에 대해서 하염없이 이야기하기를 좋아했다. 그러나 그 무렵의 상민이는 학교에서 가까스로 왕따 신세를 면하고 있었다. 늦으면 새벽 2시까지 일하고 등교하니 교실에서는 졸기 일쑤였고, 반 친구들은 그런 상민이의 뒤통수를 치고 놀리며 따돌렸다.

"내가 안 벌면 가족이 살기 힘들었다"고 속내를 비친 상민이는 실업계 고등학교에 진학하면서 다른 세상을 접하게 된다. 먹고사

나는 상민이의 웃음을 보면서 청소년기에 모든 고난을 겪고 더 이상
고통스러울 게 없어진 전쟁터의 소년을 떠올렸다. 상민이는 늘 어린
왕자 그림 엽서를 가지고 다녔다.

는 일조차 버거웠던 가족의 울타리를 벗어나 상민이의 존재를 다르게 확인할 수 있는 무대들이 연이어 꼬리를 물고 열린 것이다. 고등학교 학생회장에 당선되고 문화관광부 청소년위원회 등의 자치 활동을 시작하게 되면서 상민이는 여러 친구를 사귀며 열린 세상으로 나아간다.

상민이는 마치 작정이라도 한 사람처럼 이때부터 실로 왕성한 활동을 펼친다. 청소년들끼리 만든 자치 공동체 '함께하는 우리' (www.freechal.com/youthtopia)에서 주도적으로 활동했고, 선생님의 권유로 환경 단체 '습지와 새들의 친구들'(www.wbk.or.kr)에 참여해 농촌 봉사와 습지 순례를 했다. 회사원이 된 뒤에도 새만금 살리기 삼보일배 일행의 서울 구간에 동참했고, 주말이면 서울과 포항을 오가며 '십대들의 둥지'라는 청소년 단체의 일손도 도왔다.

지금도 계속되는 상민이의 청소년 운동과 사회 참여는 가족의 좁은 자리는 물론 부모 사랑의 한계도 훌쩍 뛰어넘어 있다. "자치의 경험이 청소년의 성장에 중요한데요, 어른들에게 잘 배워야 해요"라며 세대간의 소통을 일순위로 꼽는 상민이. "자연스러워진다는 말이 있죠. 자연한테 배우는 마음이 꼭 있어야 해요." 술술 이어지는 이야기를 듣다보면 상민이의 가족은 사회이고 모든 사람들이며 자연이라는 생각이 들었다.

남보다 일찍 직장 생활을 시작한 상민이가 얼마나 돈을 버는지 궁금했다. 대답인즉 "월급은요, 3분의 1 가정 살림, 3분의 1 여행

경비, 3분의 1 시민 단체 기부로 써요"였다. 상민이는 수입 총액이 아니라 어떻게 쓰는지가 중요했던 게다. 요즘 공부를 다시 시작했다는 상민이는 미디어 비평 시민 단체에서 하는 포럼과 경북 문인들의 글쓰기 사이트를 통해 원하는 배움을 얻는다고 했다. 갑자기 생각났는지 상민이는 가방에서 책을 꺼내 보여주었다. 《글읽기와 삶 읽기 2》(조한혜정 저).

"언어도 문학도 내 안에 있다는 내용이에요. 전 그걸 찾을 거예요." 첫 대면하는 순간부터 헤어질 때까지 부드러운 미소와 상큼한 웃음소리를 건네주었던 상민이. 부모의 품을 떠나 나락에 떨어진 치히로가 여러 사람들과 관계를 맺으면서 총명하고 듬직한 센으로 거듭나듯이 상민이도 불행과 위기를 자기 성장의 밑거름으로 삼아 스스로 일어나고 빛나고 있었다. 아직도 내 귓가에는 상민이가 들려준 말이 천천히 맴돌고 있다.

"희망을 찾느라 고생 좀 했죠. 이젠 내가 그냥 희망할래요."

혈연을 넘어 가족이 되어주는 사람들

상민이의 성장사에는 거듭 등장하는 세 명의 인물이 있다. 그중 첫째 인물은 상민이가 스스럼없이 어머니라고 부르는 포항의 정해성 시인이다. 독신으로 살면서 포항에서 '십대들의 둥지'라는 청소년 단체를 운영하고 있는데, 상민이가 청소년위원회 활동을 할 때 인연을 맺었단다.

그분의 사진을 보여준 상민이는 "회사 일 하고 공부하고 살림 챙기며 지칠 대로 지치면" 정해성 시인이 때에 맞춰 필요한 충고를 해준다고 했다. 대화는 주로 정해성 시인이 던지는 "빅 퀘스천Big Question을 받아들고" 시작되는데, "새로운 세상을 꿈꾸다가 자기 능력을 탓할 때 작은 실천으로 이겨나가는 법"을 자연스레 깨우치게 하는 과정이라고 했다.

다음은 고등학교에서 생물을 가르쳐준 정진영 교사다. 전교조 '환경을 생각하는 교사모임' 소속으로 일찍부터 상민이를 자연으로 이끌어준 분이다. 해마다 한 번씩 함께 캠프를 가고 생태 농사를 체험하는 등 지금도 상민이와 교류를 지속하고 있다. 인간의 길이 자연의 섭리와 일치해야 한다는 가치는 "내가 하는 길찾기의 근본적인 관심사"라고 했다.

마지막 인물은 상민이에겐 "애정과 애증이 모두 버무려진 친구"였다. 청소년의 인권에 대한 인식도, 청소년위원회 활동도, 학생회장이 된 것도 고등학교에서 사귄 김현성이라는 친구의 자극과 이해가 없었다면 어려웠을 것이라고 한다.

현성이라는 친구는 청소년위원회 2기 활동을 먼저 했는데 상민이가 학교 추천으로 3기 위원이 될 때 길을 터주었단다. 또한 학생회장 선거 운동에서 다른 후보를 밀었던 현성이는 "내가 하겠다"고 나선 상민이를 격려해 줬고, 나중에는 학생회의 많은 업무를 도

맡아 해줬단다. 또래 친구가 자아 형성의 거울이 된다더니 대표적인
사례다.

상민이의 다이어리 표지엔 그림 엽서가 붙어 있었다.《어린
왕자》에 나오는 코끼리를 소화시키는 보아 구렁이 그림이다. 어린
왕자의 모자 그림을 제대로 알아보는 눈은 아마도 상민이가 이 세상
을 견디며 헤쳐가는 원천이지 싶다. 상민이의 눈동자를 더욱 빛나게
해줄 해맑은 어른과 지혜로운 친구가 앞으로 계속 이어지기를 기원
한다.

선혜. 곁에서 이야기 들어주는 사람

영화 〈성냥팔이 소녀의 재림〉은 소녀의 무표정한 총질 장면이 인상적이다. 감독은 사회적 무관심과 소녀의 복수를 게임의 시스템에 비유하면서 순간의 선택에 맡겨진 부박한 운명들을 무심하게 방류한다. 그러나 선혜가 주인공이었다면 사정은 달라졌을 것 같다. 스스로를 구하고 미래의 아이들까지 구하겠다며 작고 하얀 손을 내밀고 있는 선혜.

선혜가 1인 3역으로 꾸려가는 일과부터 살펴보자. 월요일부터 금요일까지는 하루 다섯 시간씩 포천의 한 유치원에서 열 다섯 명의 꼬마들과 씨름하는 보조 교사. 매일 아침과 저녁엔 고모가 운영하는 남양주의 한정식 식당에서 일손을 돕는 일당백 종업원. 일에 파묻혀 지내는 짬짬이 학업 진도를 따라가느라 진땀을 빼는 방송통신대학 유아교육과 신입생.

벅차지 않을 리 없다고 느껴지는 순간, 이야기를 하는 선혜 자신도 숨이 찼는지 "독학하기 힘드네요, 휴" 하고 숨을 고르며 살짝 미소를 지어보인다. 고운 외모와 단정한 옷차림의 여린 선혜가 그렇게 빈틈없이 살고 있다는 사실을 금세 상상하기 어려웠다. 당장은 "대학 졸업과 정교사 자격증 따기"가 목표라는 선혜는 유치원 정식 교사를 하고 난 뒤에는 해외로 나갈 계획이란다.

"무얼 가르친다고 도움을 주는 건 아니에요. 지켜보면서 자신도 같이 성장할 줄 아는 멘토mentor가 가장 필요한 사람이죠." 아이의 성장에 필요한 "진짜 교사"는 "곁에서 이야기를 잘 들어줄 줄 아는 사람"이라며 선혜가 또박또박 한 말이다. 그러자면 "새로운 공부를 많이 해야" 하고 견문을 넓히는 것이 필수라며 유학을 궁리하는 이유를 밝혔다.

이렇듯 선혜의 마음은 송두리째 아이들을 돌보며 함께 하는 세계를 향하고 있었다. 원래부터 아이들과 놀기를 좋아했던 것일까? 자꾸 캐묻자 선혜는 "그냥 애들이 좋아서요……"라며 말끝을 흐리길 여러 번 반복했다. 그러나 돌고 돌던 이야기는 어느 순간부터 조용하게 실마리를 풀어내며 가슴 아픈 사연을 살며시 꺼내놓았다.

선혜는 열 두 살 무렵부터 고모 집에서 살았다고 한다. 일감을 찾아 전국의 지방을 전전한 아빠와 역시 돈을 벌기 위해 나가 살았던 엄마가 선혜를 돌봐줄 수 없었기 때문이다. 그러던 그해 어느 날이었다. "이젠 엄마가 안 오겠구나"라고 "직감으로 느꼈다"는 선

아플수록 더욱 영롱해지고 할말이 많을수록 더욱 귀기울여 들어주는 사람. 선혜
를 만나고 돌아와 적어둔 내 메모장의 한 구절이다. 선혜는 품이 넓고 손이 따듯
한 사람이다.

혜는, "내가 제일 좋아했고 나한테 절대적인 존재"가 "그냥 그렇게 가버렸다"며 잠시 입을 다물었다.

그 뒤로 선혜는 혼자 있을 때조차 단 한 번도 "엄마 보고 싶어" 소리 내어 말하지 않았다고 했다. 도리어 "순탄치 않은 삶을 살아온 아빠"를 생각하면 "엄마도 어쩔 수 없었겠지" 이해할 수도 있을 것 같다고 말하는 선혜. 그 깊은 눈길 어딘가에는 당시에 복받쳐 올라왔던 눈물이 아직도 고스란히 고여 있는 것 같았다. 보살핌을 받아야 했던 어린아이가 되레 자신을 포기한 부모를 용납하고 포용해야 했던 마음이란 과연 어떤 것이었을까?

재미삼아 사주를 보면 "부모 복은 없지만 인복은 많다"고 한다면서 선혜는 자신이 세상에서 만났던 "좋은 사람들이 얼마나 많은지"를 한참 동안 이야기한다. 선혜 말로는 한결같이 자신이 많은 도움을 받았고 신세를 졌다고 하지만, 내가 듣기로는 거꾸로 선혜를 만난 사람들이 선혜를 통해 삶의 기운을 얻어가지 않았을까 싶었다.

자신이 장차 엄마가 되는 상상은 해보았을까? 선혜는 "하고픈 것을 충분히 한 다음에 결혼할 생각"이라며 오랫동안 생각해 두었던 말처럼 단박에 대답했다. "언젠가 가정을 꾸리겠지요" 하면서도, "아이는 입양하거나 고아원에 가서 돌보겠다"고 말한다. "아이는 안 낳더라도 아이 기르는 일"은 꼭 하면서 살겠다는 선혜의 함초롬한 눈은 함께 해주기만 한다면 쑥쑥 자라나게 될 이 세상의 아이들이 이미 너무 많다는 사실을 그대로 보여주려는 것 같았다.

말 잘 들어요? 유치원으로 화제를 돌렸다. "애들은 하지 말라는 것만 골라서 하죠." 양 볼에 엷게 번진 미소와 선하게 웃음 짓는 눈매를 보니 선혜의 해맑은 성격이 느껴진다. "그럴 땐 최후의 수단이 있죠. 살금살금 뒤로 걸어간 다음 양쪽에서 귀를 잡고 번쩍 들어올리기! 요 녀석들." 그 순간 선혜의 웃음보가 와르르 터질 것 같았으나 어느새 예의 단정한 자세로 돌아가 있다.

자신에게 열악하고 야박했던 세계를 등지는 대신에 가만히 껴안는 선혜의 고운 사랑은 끝없이 솟는 샘물 같았다. 어디에서 나오는 걸까? 확실한 점은 선혜의 눈이 희망을 보고 있다는 사실이다. 시스템의 덫에 걸려 허우적대는 이 시대의 '성냥팔이 소녀'들에게 복수의 총 대신 살가운 아이의 마음을 되돌려줄 관계의 작은 싹들을 발견해 내는 그 눈. 부디 승리하기를 기도한다.

내 안에 있는 아이, 나를 보고 있는 아이

일찍부터 "혼자 된 아이"를 지금의 아늑하고 넉넉한 선혜로 자랄 수 있도록 "같이 해준 사람"들이 있다. "날 야단친 사람, 자퇴할 때 제일 반대했지만 허락할 때는 '좋은 사람이 되어라' 지지한 사람, 그리고 뒤돌아서 크게 운 사람"은 선혜의 고모였다. 어려운 살림에도 "적금 깨고 장신구 팔아" 정성껏 뒷바라지해 준 고모 덕분에 외롭다는 느낌 없이 성장한 것이 가장 값지다고 선혜는 말한다.

또 한 사람은 "초등학교 5학년 때 만난 첫사랑." 느낌이 들자마자 곧장 "학교에 소문내고 다녔다"고 할 만큼 공세를 펼쳤단다. 문제는 편지에 선물까지 받은 그 친구가 6년간 반응이 없었다는 점. 그렇게 "무뚝뚝의 대명사"로 버티더니 작년 3월에 불쑥 '문자 프로포즈'를 해왔다. "의외로 닭살 돋는 애정 표현을 잘한다"는 남자 친구와는 "생각하는 것이 달라서" 최근에 헤어졌지만, 덕분에 사랑이 가면 언젠가 돌아온다는 믿음을 얻었다고 한다.

고등학교 1학년 때 자퇴한 이후 "우물 안 개구리가 되지 않으려고" 찾아간 청소년 사이트 인턴 활동, 대학 학보사 기자 체험, 시민 단체 탐방, 대안 교육 센터 워크숍 참여 등의 경험도 빼놓을 수 없다. "연예인 홈페이지를 들락댔던 그 시기"를 또 다르게 보낼 수 있었던 것은 "원하는 배움을 찾아"다닌 선혜의 능동적인 태도 때문에 가능했을 것이다. "이야기를 잘 들어주는 교사"가 되기 위한 준비는 이미 그렇게 시작되고 있었다.

하지만 뭐니뭐니 해도 선혜에게는 아이들이 가장 소중한 존재다. "아이 돌보기가 그렇게 어려운 줄 몰랐다"는 선혜는 유치원에서 맞은 첫 방학을 보내던 어느 날 집 안에 혼자 있는데 신기하게도 "아이들의 일거수일투족이 무엇을 의미하는지 낱낱이 떠올랐다"고 한다. 어쩌면 그것은 선혜 안에 숨어 있던 아이의 신호가 아니었을지. 순간 "아이들이 너무 보고 싶었고 내가 할 일을 알았다"고 한다.

"부모는 자식 겉 낳지 속 낳지 않는다"는 말이 있지만, '아이속을 기르는 교사'는 선혜처럼 우주에 혼자 남겨지면서 '내 이야기 들어주는 사람'의 소중함을 체험해 본 사람이어야 할 것 같다는 생각이 들었다. 선혜는 지금도 자기 안에 있는 아이와 자신을 쳐다보는 아이들을 돌보면서 1인 3역의 하루를 보내고 있다.

상봉. 자발적 주변인으로 살고 싶다

콘드라의 《집시, 바람의 노래를 들어라》(파스칼북스)라는 책을 보면 집시들에겐 소유와 의무라는 단어가 없다고 한다. 의당 해야 하는 것을 만들지 않는다. 결혼할 때도 '사랑하지 않으면 떠날 것'을 맹세한다. 그렇듯 갖지도 않고 머물지도 않으며 지키지도 않아서 수많은 나라들이 집시를 멸시하고 배척했다. 상봉이가 살아가는 모습도 딱 그런 것 같다.

상봉이는 학교를 다니지 않는다. 집도 나왔다. 어른들 시각으로 보면 가출 청소년이다. 지금은 반지하 단칸방에서 자취하며 비정규직 노동자로 벌이를 하고 있다. 나날이 책 읽고 글쓰고 밴드 공연하고 전쟁 반대 시위하고 여행하는 것으로 여가를 보낸다고 했다.

"정치적으로는 급진적 민주주의고 개인적 삶의 스타일은 아나키즘에 가깝다"고 설명하는 상봉이는 "결혼도 가족도 만들지 않고 살고 싶다"고 말하는 아이다.

요즘 상봉이는 라라컬트(www.raracult.com)라는 문화 단체에 빠져 있다. '우주 해방'이라는 말을 쓴다든지, 사용하다 버린 도깨비 빗을 경매로 팔며 '럭셔리 샵'이라고 부르는 곳이다. 회원도 남다르다. 상봉이는 "소유를 거부하면서 신용 카드 갖고 사람들 냉면 사주는 우엉 스님"이나 "집에 초대해서 가보면 앉기도 힘든 골방인데 그걸 공동체라고 부르며 좋아하는 구로구 목사" 같은 삶이 자신이 닮아가고픈 모습이라고 했다.

혹시나 있는 집 자식이 팔자 늘어졌다고 오해를 할지 모르겠다. 상봉이는 인천의 평범한 중산층 가정에서 자랐다. 단지 남과 조금 다른 기질과 사고를 갖고 있었을 뿐이다. "놀 때 놀았고 공부할 때도 놀았다"는 상봉이의 성적표엔 언제나 "산만한 아이"라고 씌어 있었단다. 엄마와 함께 정한 책은 안 읽고 "내가 고른 책만 읽었다"는 상봉이는 부모도 교사도 친구도 이해할 수 없는 이상한 아이였다.

상봉이가 삶의 태도를 바꾼 계기는 중학교에 진학한 첫해에 겪은 왕따 경험이었다. "영화 〈신라의 달밤〉에 나오는 이성재 있죠? 딱 그거였어요." 맞고 지내다가 거꾸로 일진회에 들어갔다는 상봉이. 한동안 "돈 뜯으면서 빈둥빈둥 양아치로 살았죠." 상봉이는 어느 날 아무런 의미도 없는 그런 짓이 싫어서 "손을 털고 붕 떠서 혼자 지냈다"고 했다.

중학교 3학년 겨울 방학을 보낸 이후로는 줄곧 서울 교보문

고에 가서 이 책 저 책을 찾아 읽거나 야후코리아를 통해 우연히 접한 아나키즘 사이트들을 재미삼아 서핑하는 것이 일이 되었다고 했다. "나는 어떤 체제에도 속하면 안 되는 사람"이라는 상봉이의 자각 또는 발견은 그 무렵에 싹튼 것 같았다.

학교는 고등학교 2학년 여름 방학 때 두 번째 가출을 하면서 종지부를 찍었다. 강원, 호남, 충청, 영남을 떠돌았던 당시 상봉이의 무전 여행은 소설 《바보들의 행진》이나 《영웅 시대》에 나오는 1970년대형 대학생 주인공을 떠올렸다. 고뇌하고 즐기고 허탈해 하는 느낌. 몰래 기차 타고 아무 데나 내려서 그 지역의 대학 과방에 들어가 대충 어울려 식사를 때운 뒤 "근데 넌 누구냐?"라는 질문이 들릴 즈음 슬그머니 일어나 도망쳐 나왔다는 상봉이. 왜 그랬죠? "아무 생각 안 했어요. 그냥 산 겁니다."

물론 상봉이에게 탈이 없었던 건 아니다. 한때는 에리히 프롬의 책을 비롯해 소유라는 말이 들어가는 서적들만 골라 탐독하면서 "소유를 버리자는 책을 돈 주고 사는 것은 정당한가?" 골몰한 끝에 책 도둑도 해보았단다. 또 한 번은 《체 게바라 평전》을 교실에서 읽다가 국어 교사에게 "니가 빨갱이냐?" 욕을 먹고는 분노가 폭력으로 솟구치는 것을 주체하지 못하는 자신을 느끼고 충격을 먹기도 했다는 상봉이다.

"병원에도 가봤어요. 해리 장애와 정신 분열 같은 증상이 있다대요." 천연덕스럽게 말하는 상봉이는 요즘 틈이 나면 자작곡을

상봉이는 한국에서 태어나지 말았어야 할 아이인지도 모르겠다. 혼자 쓸쓸해
하고 방랑하고 소유하지 않고 그러면서 길 위의 사람들과 행복해지는 연습을
하는 아이다.

CD로 구워 친구들에게 판다고 했다. 살래? 돈 없어. 그럼 가져. 상봉이의 판매 방식이다. 인터뷰를 마칠 즈음 상봉이는 다음 세 가지를 꼭 써달라고 덧붙였다. 1. 동갑인 보아가 너무 불쌍해요. 2. 지식인들 어려운 말 쓰는 거 개마초 꼴갑이에요. 3. 예술을 거부합시다.

상봉이가 장차 무엇이 될지는 알 수 없지만, 자유롭게 살고 싶다는 내면의 욕구를 어떤 체제에도 담고 싶지 않다는 심정은 어렴풋이 느낄 수 있을 것 같았다. 가족은 물론 사회와 국가의 모든 체제를 거부하고 벗어나려고 하는 자발적 주변인의 삶. 상봉이가 걸어갈 만한 길이나 잠시 쉬어갈 수 있는 작은 틈을 우리 사회가 곳곳에 많이 만들어두면 좋겠다.

주려고 하는데 나는 받고 싶지 않을 때

상봉이에게 부모 이야기를 묻지 않을 수 없었다. "나야 싸가지도 없고 형편없는 놈이겠죠." 바로 튀어나오는 대답이다. 중학교 3학년 무렵 "내가 이렇게 고등학교 가면 미칠 수도 있겠다" 싶어 검정 고시 응시 프린트를 가지고 집에 온 날이었단다. 아빠는 엄마와 함께 빚고 있던 만두를 상봉이 얼굴에 던졌다고 한다. "만두로 얼굴 맞고 나서 대화를 안 했죠."

"학교만 다녀라. 그리고 하고 싶은 것 다 해라"라는 부모에게 상봉이는 "행동(가출)하기 전에 충분히 요청했었다"면서 자신의 고민이 어떤 것들이었는지 내비쳤다. 부모가 자식에게 줘야 하는 경제적 도움은 어디까지일까, 부모 자식은 상호 부조 관계일 수 없을까, 가족은 어떻게 파쇼 가정이 되는가 등. "두 분 다 막내였어요. 성장하면서 혜택은 모두 장자에게 돌아갔죠. 당신들이 원했던 삶을 내게 주고 싶었을 거예요. 내가 원하지 않았을 뿐입니다."

상봉이는 "내가 생겨먹은 그대로의 나에게는 아무도 관심을 주지 않아서 혼자 세상으로 나온 것"이라며 자기는 부모를 원망하지 않는다고 담담하게 말했다. 상봉이는 아직까지 부모에게 연락을 해 본 적이 없지만 딱 한 번 전화해서 자신의 휴대폰 번호를 알려주었다고 한다. "은둔하는 게 아니잖아요. 자식이니까 연락하실 일 있음 하시라고요."

상봉이는 웹진 회사에서 일주일에 5일 근무를 하고 비정규직 최저 생계비인 월 56만 7천 원을 번다고 했다. 이 돈의 대부분은 풍류비와 월세로 나간단다. 풍류비란 책, 음반, 악기 수리, 밴드 합주실 비용 등을 말한다. "이번 달엔 악기 사느라고 다 썼어요." 상봉이의 노래 〈고스트 아멜리에〉는 "나는 살고 싶은데 나는 죽고 싶은데"를 끝없이 반복하다가 이렇게 마무리된다. "너 정말 죽고 싶니? 사실은 가끔 살고 싶어."

영화 〈아멜리에〉와 〈판타스틱 소녀백서〉(원제 '고스트월드')를 보고 만든 곡이라는데, 기억을 살려보니 두 영화에 등장하는 가족의 모습은 확실히 달랐던 것 같다. 그들은 부모 자식이라도 때가 되면 자기 길을 가며 서로를 물끄러미 지켜보고 있었다. 영화라서 그랬을까? 가끔은 상봉이의 휴대폰에도 부모의 즐거운 목소리가 울렸으면 싶다.

세상과
만나기 위해
'끼'를 벼리는
아이들

이삭
희나
승권

●

취미가 직업이 되고 취향이 삶이 되는 시대에 우리는
살고 있다. 게임에 빠져 살던 아이가 프로 게이머가 되
고 게임 기획자로 발탁되는 일은 신문 방송에서 종종
접하는 사례다. 조금 내성적이거나 사회성이 없어 보
이더라도 남에게 피해 주지 않으면서 자신이 좋아하는
일을 하고 있다면 행복한 삶이다. 이런 아이를 괜히 구
박하거나 엄한 데로 내몰지 않았으면 좋겠다.

어떤 활동도 나 홀로 이루어지지 않는다. 누군가와 소
통해야 한다. 게임도 상대가 있다. 상대가 어떻게 나올
지를 파악하고 대처하는 요령을 키운다. 물론 게임의
원리가 대결 구도이고 승패를 가리며 끝나게 되어 있
지만 상대방을 더 잘 이해하는 계기도 된다. 이렇듯 아
이들이 좋아하는 모든 활동에는 소통의 세계가 있다.
그 문이 열리면 실로 다양한 길을 만나게 된다.

그러나 어른들의 생각은 다른 것 같다. 내 아이한테 끼

가 있으면 연예인이 되어야 하고, 공을 잘 차면 축구
스타가 되어 이름을 날려야 한다고 여기는 듯싶다. 그
런 게 아니면 쓸데없는 일 했다고 아쉬워한다. 아이 역
시 이런 생각에 사로잡히면 모처럼 자신이 좋아하는
세계를 발견하고도 입시 경쟁을 하듯이 일등을 못했다
고 불안해 한다. 불행히도 이런 아이에게는 소통의 길
이 열리지 않는다.

내가 만난 이삭이, 희나, 승권이가 몰입하고 있는 힙합
과 요가와 영화는 소통의 예술이었다. 음반 시장이 인
정하는 힙합과는 무관하다. 대중의 인기를 끄는 요가
와는 거리를 두고 있었다. 화려한 눈요기로 주목받는
영화와는 인연이 없었다. 그러나 그들은 당신과 나의
소통을 통해 불러들이게 될 수많은 세계를 즐겁게 준
비하는 아이들이었다. 그들의 힙합과 요가와 영화는
더 넓고 더 깊은 세상으로 나아가는 창문이었다.

이삭이, 희나, 승권이는 자신이 애써서 낸 작은 창문을

방 안쪽에 서서 눈부시게 닭기만 하는 아이들이 아니다. 그 창문을 열고 곳곳으로 달려가 많은 이들과 함께 힘찬 날갯짓을 하고 있었다. 그렇게 이 아이들의 삶은 확장되고 새로워지고 있는 중이다. 한 번씩 여행을 마치고 돌아올 때마다 이 아이들의 방 안에는 창문 너머의 신선한 공기로 가득 채워질 것이다.

반면에 얼마나 많은 아이들이 굳게 닫힌 창문을 열어볼 생각조차 못하고 있을까? 제 방 안에 갇혀 창백하게 웃음 짓는 아이들에게도 조금만 틈이 열린다면 꿈틀대면서 소통하려고 할 텐데 말이다. 소통의 예술은 내가 좋아하는 활동의 파도를 타고 세상의 바다를 여행하는 것과 같다. 창문을 열고 밖으로 나가보면 자신이 원하는 활동을 찾게 된다. 소통의 길이 열린다. 어려운 일이 아니다. 내버려두자.

●

이삭. 상처 난 마음을 치유하는 힙합

　　들어보면 욕설은 기본이다. 여성 비하에 동성애자 혐오와 어머니 강간 등 공격적이고 마초적인 메시지 일색이다. 힙합계의 우상 에미넴 이야기다. 이 정도까지는 아니지만 국내의 유명 래퍼들에게도 뒷골목 건달의 불량기는 훈장 자랑하듯 치렁치렁 과시하는 일종의 트랜드다. 나름의 역사적 기원이 있고 문화적 기호이니 이해 못할 것만도 아니다.

　　하지만 꼭 그래야만 힙합인가 하고 식상하던 차에 이삭이를 만났다. 소탈하지만 깨끗한 옷차림에 잔잔한 미소를 머금고 차분한 목소리로 랩을 하는 이삭이. '키비'라는 닉네임을 쓰는 이삭이의 꿈은 심리 치료사란다. 힙합을 하기 위해서 주차장 아르바이트로 생계를 해결한다는 이야기는 곧잘 접해 보았지만, 이삭이처럼 대놓고 다른 직종의 장래 희망을 말한 경우는 보지 못했다.

알고 보니 이삭이는 정식 음반을 내지 않았고 랩으로 돈을 벌지 않을 뿐이지 또래치고는 꽤 알려진 래퍼였다. 십대 시절에 힙합 클럽, 롯데월드, KBS 등에서 주최하는 힙합 경연 대회에 나가 줄줄이 대상을 휩쓴 유망주였다. 이삭이가 직접 만든 홈페이지 (http://kebee.com)에는 그의 랩을 듣고 찾아온 방문자 수가 지난 4년간 7만 명을 넘을 만큼 인지도 또한 만만치가 않다.

단지 이삭이가 생각하는 랩이 종전의 힙합퍼들이 하던 것과 많이 달랐을 뿐이다. "힙합에 대한 세 가지 고정 관념이 있어요. 껄렁한 자세, 헐렁한 옷, 애들 음악." 이삭이의 생각은 명료했다. 개인적으로 "거친 게 싫고", 자신의 이미지에는 "헐렁한 패션이 안 어울리고", 게다가 "늙어서도 랩을 하고 싶어서" 남들과는 좀 다르게 놀았다는 것이다.

이삭이는 중학교 3학년 겨울 방학 때 홍대 앞 클럽 마스터플랜에 가서 난생 처음 프리스타일 랩을 해보았다고 한다. 그때 "이상한 충격"과 "알 수 없는 전율"에 빠진 경험이 지금의 이삭이를 있게 한 출발이라는데, 여기에는 이삭이의 남다른 성장사에서 예고된 운명의 힘이 작용했던 게 아닐까 하고 나는 생각한다.

"본래 까불기 좋아했던" 소년 이삭이는 개척 교회 목회자인 아빠 때문에 초등학교 6년간 해마다 이사를 다녔다. 중학교 3년간은 하루 네 시간씩 통학하면서 "친구 없이 늘 혼자" 지냈다. 이렇게 근 십 년을 보낸 이삭이에게 그 시절은 "내가 나한테 이야기하기"와

"하루 다섯 시간씩 게임하기"와 "아이답지 않은 글 끄적이기"로 기억된다.

　그러던 초등학교 6학년 무렵, 넘어져서 앞니가 부러졌는데 "치료비가 비싸서 고1 때까지 앞니 없이" 살았고, "쪽팔려서" 입 벌리는 것 자체를 극도로 꺼리게 되었단다. 이런 상황에서 첫 경험한 프리스타일 랩은 "마음 가는 대로 자유로운 이야기가 쏟아져나오는 마술"처럼 다가왔다고 했다. 마침내 열 여섯 살 이삭이의 닫힌 말문이 터지고 만 것이다.

　간혹 "너 랩 할 때 튀려고 이빨 뽑았지?" 하는 오해를 사기도 했다는 이삭이는 일찌감치 프리스타일 래핑과 랩배틀(래퍼들의 1대 1 경연)의 강자가 될 수 있었다. 그냥 그대로 갔다면 "직업적 래퍼"가 되었거나 "막연히 생각했던 방송 PD 또는 게임 프로그래머"가 되었을지도 모른다고 말하는 이삭이가 진로를 결정한 것은 입시 공부에 매달리던 고등학교 3학년 때.

　자신의 내면에 "위로받고 싶은 마음"이 매우 깊다는 것을 깨달은 이삭이는 잊고 있던 오랜 상처를 난생 처음 되돌아보았다고 했다. 초등학교 5학년 때 중국 선교를 떠나 여태 돌아오지 않고 있는 아빠. 살기 위해 "각자 제몫을 하기에도 버거웠던" 남겨진 식구들. 자신만 보면 "넌 혼자서 컸다"고 버릇처럼 말하는 엄마. 이삭이는 스스로에게 "너 참 외로웠구나" 속엣말을 해주었단다.

　심리학과 대학생이 된 뒤에 이삭이에게 랩의 의미는 더욱 분명해진다. "자연, 사람, 정신에 가해지는 일체의 폭력을 반대하고 상처를 치유하는 랩"이 그것이다. 이삭이가 적잖은 게스트 무대를 뒤로하고 성미산 살리기 운동, 지구의 날 행사, 전쟁 반대 시위, 청소년 선거권 낮추기 캠페인 등에 자작곡을 들고 노 개런티로 참여하는 것도 그런 이유이다.

"소박한 음성, 어루만지는 손길, 그리고 너의 아픈 이야기를 들어줄게." 래퍼 이삭이의 변치 않을 출사표다.

이삭이는 "심리 치료사와 래퍼" 외에 사실은 "소설가"와 "배우"도 꿈꾼다고 했다. 그 이야기를 자세히 듣지는 못했지만 나는 헤어진 뒤 이삭이가 구워준 CD를 들으면서 즐거운 상상에 빠졌다. '치유하는 힙합'에 이어 '치유하는 글'과 '치유하는 연기'란 무엇일까? 아무쪼록 '돈버는 오락'이 아니라 닫힌 마음의 문을 두드리는 힙합을 이삭이가 끝까지 포기하지 않기를 바란다.

주저앉지 않고 도전하게 해준 엄마와 누나

이삭이의 네트워크 지도에는 참 다양한 사람들이 있다. 심리학을 공부하는 대학 친구들, '앤썸피플'이란 이름의 힙합 크루들, 교회에서 신앙으로 만난 또래들, 언더그라운드 솔로 가수 또는 청소년 록밴드와 새롭게 시도하는 음악 그룹, 시민 사회의 이슈와 결합하며 만났던 여러 분야의 어른들. 이삭이는 이 모든 관계가 "꼭 특정

무대 위에서 랩을 할 때는 폭풍 같은 카리스마를 보여주고, 사람들과 어울릴 때는 한없이 여린 마음이 배어나오는 이삭이. 살면서 단 한 번도 분노할 것 같지 않은 사람이 이삭이다.

주제나 일이 아니라 서로 사는 이야기를 터놓고 대화하게 되는 것" 때문에 더 소중하다고 강조했다.

이삭이가 또래에 비해 일찍부터 바깥 세계에 눈을 뜬 것은 아무래도 "불안정한 집안" 영향이 컸을 것 같다. 그러나 아빠와 사실상 남남이 된 엄마는 "가정적인 엄마는 못 됐지만" 이삭이에게 "위기 때마다 추진력을 갖고 새로운 일에 도전하는 롤 모델"이 되었다고 한다. 보험, 지역 신문, 연극 극장 등 엄마는 관심사를 살려 끊임없이 새 일을 만들었다. 외식업체의 매니저로 일하며 "내년쯤 일본에 가서 외식업을 공부"할 계획을 가진 누나 역시 마찬가지다.

"한자리에 모이기도 힘들다"고 할 만큼 각자 바쁜 세 식구지만, 두 여성은 이삭이에게 "주저앉지 않고 열심히 살아가는 방법"을 제시한 길잡이들이었다. 아울러 "어떠한 것도 강요하지 않았고 만나면 항상 대견하다는 소리"를 해준 '가족 해체 시대'의 현명한 가족이었다. 덕분에 이삭이는 아빠의 빈자리를 메우려는 강한 남성상의 볼모에서 벗어나 "내 안의 여성성과 남성성을 조화롭게 가꾸어나갈 수 있었다"고 말한다.

요즘 이삭이는 "정제가 덜된 곡"이지만 "이 상태 그대로 나를 놓고 소통하고 싶어서" 온라인 EP 발표를 준비중이다. 1. 〈고 3 후기〉 2. 〈풋사랑〉 3. 〈소년을 위로해 줘〉 4. 〈친구들〉 5. 〈참고하겠습니다〉 등 다섯 곡. "기획사에 가서 날 가다듬고 싶지는 않다"는 이삭이는 음악을 무료 공개할 마땅한 포털 사이트를 물색중이다. "연락 주세요. 콘서트도 할 겁니다." 이렇게 세상을 향해 따듯한 손길을 내미는 이삭이의 얼굴을 보는 것만으로도 이미 작은 위안을 얻은 기분이다.

희나. 잠자는 자아를 깨워주는 요가

죽산의 홍신자 선생을 찾아가 "춤추려면 대학 가야 해요? 유학 가야 해요?" 물었던 당돌한 십대 소녀가 있었다. 재야의 요가 스승들에게 철학과 기술을 전수받으며 "중학생 때 접었던 무용가의 꿈"을 되살려 "좋은 요가 선생의 길"을 개척한 당찬 아이, "내 삶을 폭넓게 디자인하고자" 다양한 공부를 병행하는 자기 주도적 평생 학생…… 요가 강사 희나의 이야기다.

희나는 초등학생 때 특별 활동으로 무용을 했다고 한다. 하지만 "비싼 조기 교육과 규격화된 몸매와 정해진 틀"을 강요하는 무용 교육의 현실을 깨닫게 되면서 "난 안 되겠구나" 하며 스스로 꿈을 접었다고 한다. 이렇듯 조숙한 아이였던 희나는 "동경하는 것이 많았다"는 중·고등학교 시절의 갈증을 좀 색다르게 풀기 시작한다.

"친구들 숙제할 때 소설 읽고 시험 전날엔 연극 보고 혼자 운동장 산책하며" 나름대로 학교 생활을 낭만적으로 보냈다는 희나. 그렇게 나름대로 자아를 가꿔보려고 애를 썼지만 고등학교 2학년이 되었을 때는 "더 이상은 무의미하다"고 말해 주던 내면의 속삭임을 외면할 수 없었단다. 희나는 담담하게 학교를 그만두었다. 자퇴 뒤의 생활은 두 축을 왕복 운동하는 것으로 바뀌었다.

그중 한 축은 독서다. 이를테면《학교를 넘어서》라는 책의 저자를 수소문해 만나고 그 사람에게 학력 폐지 운동과 민주주의 학회 공부를 알게 되는 방식의 참여적 독서. 이 시기에 "심도 있는 토론"을 알았다고 한다. 또 한 축은 "두 발과 자전거로 돌아다니기"다. 6개월 동안 병원 연구소 아르바이트로 돈을 벌어 "130만 원 경비와 6만 원 짜리 중고 자전거"를 들고 홀연 유럽 자전거 여행을 떠나는 식이다.

무작정 떠난 외국에서 희나는 "차 얻어 타고 기차역에서 자고 별별 오만 가지 생각을 했다"고 한다. 그렇게 한 달간을 유럽에 체류하면서 희나는 "마음의 정돈"을 할 수 있었다고 한다. 당시 열아홉 살이던 희나가 말하는 마음의 정돈이란 "사람이 참 존귀하다는 것, 아등바등 살 필요가 없다는 것, 춤을 다시 추겠다는 것" 세 가지였다.

이후 희나는 대학의 전통무용과에 진학하고 자연스럽게 유학을 갈 생각을 했다고 한다. 그러나 너무 생각이 많았던 탓일까? "한국이라는 지역 사회에서 나는 얼마나 행복할 수 있을까?" 하는

희나는 몸가짐과 말하기가 단아해서 풍기는 분위기도 고풍스럽
다. 하지만 열정과 욕심은 대단해서 여기저기 길 위의 스승들을
찾아다닌다. 희나와 요가는 찰떡궁합처럼 보인다.

고민에 붙들려서 이 땅을 떠나지 못했다고 한다. 대신 희나는 지방 자치 의회의 여성 평가단에 참여하고 동네 신문 배달을 했다. "내가 태어나 자란 곳"에 발을 내딛어보자고 생각하고 실천에 옮겨본 희나의 작은 흔적들이었다.

희나는 지금 경방필백화점 문화센터와 송파구청 실버대학에서 나이 어린 요가 선생으로 통한다. 언니뻘과 아주머니들한테는 "자, 발목 돌립니다" 하며 곧바로 주문을 하다가도 할머니 할아버지들에게는 "빙글빙글~ 랄라랄라~" 하며 재미있게 이끌 줄 아는 강사가 희나다. 이런 일은 직업으로 하는 게 아니라면서 희나가 들려준 알뜰한 설명은 이랬다.

요가 강사를 하다보니 "강해야 하고 참아야 하는 아버지 상 때문에 돌처럼 굳어버린 중년의 몸"들이 너무 많았고, "내 몸인데 제대로 만져보지도 못한 엄마들"이 너무 많다는 사실을 절감했다고 한다. 그래서 희나는 바로 자신의 아버지와 어머니 같은 그분들과 몸으로 만나서 세대간의 소통을 시도하는 것이고, 자신이 살아보지 못한 시대를 역시 몸으로 공부하는 중이라는 것이다.

곧 있으면 어린이 요가도 시작한다는 희나는 자퇴 이후에 습관을 붙인 책읽기를 여전히 계속하고 있었다. 나중에는 "무용 평론을 하고 싶어서" 《미학과 비평철학》 같은 서적을 새로 읽기 시작했고, 《시장 · 국가 · 민주주의》처럼 과거에 "한 번은 읽었지만 소화가 덜되어" 다시 탐독하는 책도 있다. 다른 책들도 있겠다 싶어 더 물어

보았더니 "농사 지으며 느리고 조용하게 사는 삶"을 준비하느라 《녹색평론》을 꼬박꼬박 정독한다고 한다.

희나에게 독서를 통한 학습은 "이익을 낳는 것이 삶의 전부가 될 수 없다"는 신념을 가다듬는 자기 수행처럼 보였다. "바라기만 해서는 이룰 수 있는 게 별로 없다"며 든든한 철학과 전문적인 노하우가 뒷받침되어야 한다고 거듭 강조한 희나는 요즘 "도약을 위한 자기 시간"을 갖느라 가급적 지인들도 만나지 않고 단출하게 지낸다고 귀띔해 준다.

"도약"이 무엇인지 묻자 "향후 2개년 프로젝트는 비밀"이라며 끝내 알려주지 않는 희나는 조용히 웃기만 한다. "몸의 자정과 치유 능력"을 아는 희나에게 그것은 아마 "이익보다 훨씬 중요한 것들"을 되찾는 소중한 실천임에 틀림없을 것이다. 포기했던 무용의 꿈이 요가로 거듭나 세계를 품에 안는 커다란 날개가 되었으니 이보다 더한 행복이 있을까?

찾아가면 스승을 만나고 구하면 가르침을 준다

희나가 제대로 된 춤꾼이자 요가 선생이 되게끔 울타리가 되어준 세 분의 스승이 있다. 한 분은 "지체 장애아들과 요가를 하는 홍순화 선생님"이다. 처음 찾아갔을 때부터 자신을 아무 편견 없이 제자로 받아준 홍 선생에게서 희나는 요가의 주요 기술을 배웠다.

또 한 분은 "어린이 요가를 하는 신정희 선생님"이다. 이분에게는 "요가 이전에 어린이를 대하는 법, 곧 인간을 대하는 법"을 배웠다.

다른 한 분은 예의 유명한 홍신자 선생이다. 희나는 "신자 언니요? 어린아이처럼 순진하세요"라고 스스럼없이 말한다. 인터뷰 약속을 잡으려고 수소문했던 날도 희나는 죽산에 있었다. 스승과 제자가 나이 차이를 떠나 같이 어울리며 웃고 떠드는 광경을 떠올려본다. 이런 것이 일체의 격식과 권위를 필요로 하지 않는 진정한 사제 관계의 모습이 아닐까?

이렇듯 희나는 자신이 원하는 배움을 찾아 스승을 구하러 다닌 사람이다. 정해진 교실에서 정해진 사람끼리 틀에 맞춰 이뤄지는 교육과 유목민의 찾아다니는 학습이 어떻게 다른지 잘 보여주는 대목이다. 늘 깨닫는 거지만 배움은 어느 한 장소에 꽂혀 펄럭이는 깃발도 아니고 어떤 시간대에 꼭 새겨야만 하는 나이테도 아니다.

이런 희나에게 부모는 어떤 존재일까? 혼자 유럽 여행을 가기로 했을 때 "부모 몰래 표 사고 일주일 전에 불쑥 말했다"는 희나에게 정작 부모는 "그래 갔다와라" 했단다. 한달 뒤에 집에 오니 그제서야 "다음부턴 미리 의논해라" 한마디를 했다는 부모다. 와~ 멋지다, 싶어지는 순간 희나의 사족이 뒤따른다. "각고의 노력 끝에 서로 어느 정도 믿음이 생긴 관계지요. 진절머리나게 몇 년은 싸운 것 같은데, 그게 신뢰의 밑거름이었지 않나 싶어요" 한다.

희나를 보고 '곧고 유연하게 잘 큰 사람' 이라는 느낌이 오는 이유는 군대간 남자 친구와 했다는 '독특한 연애질'에서도 잘 드러난다. "우리 집은 《조선일보》, 너네 집은 《중앙일보》 보네. 그럼 《한겨레》 한 부씩 정기 구독하자~" 꼬셨다는 희나. 그러고는 남자 친구에게 《녹색평론》 정기 구독까지 시켰단다. "사랑하면 결혼하지 말고 옆집에서 나란히 살자~"라고 앞길을 갈음하는 희나. 이 모든 권유에 부드러운 리듬과 따뜻한 호흡이 실려 있으니 남자 친구가 아니라도 일단 희나와 마주치면 쉽게 거절하지 못할 듯싶다.

승권. 또박또박 진실을 캐내는 영화

　　지난 1997년 사회를 떠들썩하게 했던 '이태원 버거킹 살인 사건'. 당시 스물 두 살의 홍익대학교 학생 조중필 씨가 영문도 모른 채 무참하게 살해당한 사건이다. 미 군속의 아들 페터슨과 재미교포 에드워드, 둘 중의 한 명이 범인이 확실했기 때문에 경찰은 이들을 긴급 체포했다. 하지만 각기 8 · 15 특사와 증거 불충분으로 풀려났고 모두 출국해 버려서 흐지부지되고 말았다. 이 사건은 아직도 미궁에 빠져 있고, 고 조중필 씨의 어머니는 여전히 모교 앞에서 진실을 밝혀달라는 전단지를 배포하고 있다.

　　승권이는 〈살인의 추억〉이 한창 인기몰이를 하던 작년 6월부터 이 사건을 테마로 6밀리미터 극영화 작업에 매달려왔다. 어느새 일년의 시간이 훌쩍 넘어갔는데도 승권이는 오직 이 사건에만 골몰해 있었다. 내가 만났을 때는 마무리 편집중이었다. 아니나 다를까,

승권이는 말끝마다 "출국 금지를 제때 연장하지 않은 검찰 때문에 유가족만 불쌍하다"며 아쉬움을 토로했다.

제작비 300만 원, 출연진과 스태프 20명, 조사 기간 3개월, 촬영 기간 4개월, 그리고 언제 끝날지 모르는 지지부진한 편집. 이 지난한 과정을 거쳐 곧 탄생하게 될 승권이의 영화는 고작 16분 단편이다. 이태원 살인 현장과 경찰서와 소방서 등 관련 현장을 찾아다니며 어렵게 섭외해서 찍었다는 승권이는 "살인의 추억이 아니라 응징의 추억을 위해 장편 영화로 다시 만들 것"이라고 말했다.

대학 영화학과 3학년이 된 승권이의 차기작은 〈투신 가족〉(가제)이라고 한다. 아빠와 엄마와 자녀가 차례대로 건물 옥상에서 투신하는 가족 동반 자살을 다룬 영화란다. 억울한 죽음들을 금세 망각하는 우리 사회의 그늘진 구석을 응시하는 승권이의 꿈은 언뜻 보기에 좀 칙칙한 것 같았다. 그렇게 이 사회의 우울한 자리들에만 카메라를 비추는 승권이는 연작처럼 만든 자신의 단편 영화들을 한데 추려서 언젠가는 〈회색 도시〉라는 모음집을 발표할 계획이다.

블록버스터는 아니더라도 대중이 웃고 좋아할 수 있는 소위 흥행 영화 대신에 어쩌자고 이렇게 안 팔릴 영화만 열심히 만들려고 하는 걸까? 조금만 꾸미면 압구정동을 배회하며 소비 문화의 첨병 노릇을 할 것처럼 생긴 미남형 청년의 머리 속에 어쩌자고 그런 궁리들만 잔뜩 들어차 있는 걸까? 승권이의 이야기는 고등학교 2학년 시절로 거슬러 올라간다.

승권이는 당시에 자원 봉사 점수를 따려고 대학교 도서관에 가 사서 일을 거들던 나흘간의 캠퍼스를 잊지 못하고 있었다. 그때는 한총련 이적 단체 규정의 빌미가 된 1996년 '연세대 사태'의 진실을 둘러싸고 대학가가 술렁이던 무렵이었다. "날마다 대자보와 사진을 보았는데 신문 방송과 너무 달라서 충격을 먹었다"는 승권이.

하지만 더 큰 혼란은 이 사실을 학교의 반 친구들에게 말했지만 아무도 관심을 두지 않았던 기억이다. 친구들은 "너 왜 그래?" 하면서 싸늘한 시선을 보내기만 할 뿐이었다. 승권이는 그런 태도를 보며 자신이 품었던 의문을 어떻게 설명해 줘야 할지 몰라 답답했다고 한다. 승권이는 중학생 때도 마찬가지였다. 우연히 은행에서 집어든 김대중 전 대통령의 자서전을 읽었다가 '억울한 진실'에 끌려 다시 돈을 주고 책을 사서 볼 만큼 관심이 남달랐다.

더 어린 나이로 필름을 돌려보아도 승권이는 비슷한 모습이다. 초등학교 시절에도 텔레비전을 볼 때면 4·19와 5·16과 5·18 같은 다큐멘터리를 좋아했다고 한다. 음모와 학살, 의혹과 진실에 눈이 꽂힌 것이다. 또 같은 시기에 "잘 설명할 수 없는 이상한 일"이긴 하지만 공포 영화 비디오만 일주일에 서너 개씩 열심히 봤다는 승권이다. "특수한 상황에 놓인 한 인간의 공포와 고통, 그리고 죽음을 이겨나가는 과정"에 사로잡혔던 것 같다고 회상한다.

하지만 승권이는 "부모님 눈물나게 하기 싫어서" 학교 공부를 착실히 했고 가족이 예상했던 대로 공대에 진학한다. 억울한 죽음과 사회의 집단적 외면에 대한 분노 서린 집념은 그렇게 한때의 일로 잊혀질 듯했다. 문제는 승권이의 결심이 오래 가지 못했다는 것. 몸이 달아올라서 도저히 참을 수 없게 되자 "고등학교와 똑같은 대학"을 그만둔다.

이후 승권이가 알음알음 찾아간 곳은 강재규필름의 〈단적비연수〉 제작 현장. 경험이 전무했던 승권이는 연출부 최연소 스태프를 하게 된다. 영화 제작의 모든 것을 몸으로 겪어보겠다는 심사였다. 승권이는 이 일에 꼬박 열 달을 바쳤다. 그 기간 동안 전국을 유랑하며 온갖 노동을 다 해보았다는 승권이는 영화가 완성된 뒤 320만 원을 받았지만 전혀 후회하지 않는다고 했다.

승권이는 그런 다음에 대학 영화학과에 다시 들어갔다. 이미 계산이 다 서 있었던 셈이다. 승권이는 곧장 〈이태원 버거킹 살인사건〉 제작에 착수했다. "제 꿈은 단순해요. 권선징악 해피엔딩 사회입니다." 승권이는 더 이상 영웅이 필요하지 않은 이 시대에 각 개인이 서로의 존재를 제대로 기억해야 한다고 믿고 있었다.

신문 사회면의 몇 줄 사건과 사고로 잊혀지는 그 망각의 숲을 파헤치며 "천천히 또박또박 진실을 캐내는 영화"를 만들어가겠다고 승권이는 말한다. "저 흥행되는 대중 영화 감독 할 겁니다." 소위 '영청'(영화청년)의 시대라는 지금, 왜 영화를 만들고 또 보는 것인지, 낮은 목소리로 '영화의 기억'을 되살리는 자리에서 승권이가 대답을 준비하고 있다. 축복 있기를.

딱 보면 산만한 것과는 전혀 거리가 먼 사람이라는 것
을 알 수 있다. 한 번에 한 가지씩 집중해서 자신이 바
라는 정의로운 세상을 향해 한 발씩 뚝뚝 자국을 남겨
놓는 친구다.

공포 영화와 대중 음악으로 점철된 청소년 시절

"어머니가 일찍부터 사교육을 많이 시켰어요"라면서 멋쩍게 미소짓는 승권이는 줄곧 전교 1~2등을 유지했단다. "공부가 쉽다 보니까 딴짓할 여유도 생겼다"면서 중학교 2학년 때부터 동네 비디오 가게에 가서 공포 영화들을 하나씩 빌려와 보는 것이 일과가 되었다고 한다.

그때 부모에게는 EBS 공부한다고 방에 틀어박혀서 200개가 넘는 공포 영화를 보았다니, "어느새 보는 눈이 달라져 있었다"는 것이 당연하다. 승권이는 "에로물 같은 건 절대 안 되는데 이상하게 공포 영화만 등급에 상관없이 빌려준 비디오 가게 아저씨"가 자신의 운명에 중요한 변화를 제공한 사람이라며 웃는다. 덕분에 공포 코너에 잘못 꽂혀 있었던 코엔 형제와 우디 앨런과 팀 버튼의 영화들도 감상했단다.

고등학생 시절엔 신해철의 〈나에게 쓴 편지〉와 〈껍질의 파괴〉를 좋아한 친구들과 '러스티 스피릿츠Rusty Spirits' 라는 4인조 밴드를 만들어 교회 연습실에서 음악에 빠져 지냈단다. 당시 학생과 주임 선생님이 자신의 학창 시절 밴드 경험을 말해 주며 격려해 준 힘이 컸다고 한다. 그때 존 레논의 평화주의 음악과 핑크 플로이드의 〈더 월The Wall〉과 U2의 리더이자 사회 운동가인 보노의 세계를 접하게 된 것에서도 영향을 받았다고 한다.

이런 행각은 번번이 부모에게 '발각' 되어 승권이는 그때마다 착한 아들로 돌아가 다시 교과서와 참고서를 끼고 살았다고 했다. 하지만 영화와 음악 등 대중 문화의 세례를 듬뿍 받은 승권이의 가슴속에서는 "진실은 사라지지 않는다. 단지 썩고 있을 뿐이다"라는 사회적 자각과 어떤 화학적 작용을 일으켜 오늘날의 그를 예고하고 있었지 싶다.

그러나 가장 결정적인 대목은 다니던 공대를 관두고 영화를 한다고 말했을 때 부모가 의외로 선뜻 허락해 준 일이란다. 아마 아버지도 아들의 됨됨이를 능히 짐작하고 있었을 것 같다. "아버지도 젊을 땐 영화인을 꿈꿨대요. 고모한테 나중에 들었습니다. 영화 같은 일이죠?" 실현되지 못한 꿈일지라도 기억되는 한 이렇게 위력을 발휘하는가 보다. 하물며 승권이가 주목하는 억울한 죽음들은 오죽할까? 망각과 싸우는 승권이의 건승을 빈다.

나만의
시민 운동에
재미 들린
아이들

태형
고은

형
은

준표

●

언젠가 서울대학교에서 신입생들을 대상으로 심리 테스트를 했다는 이야기를 들은 기억이 난다. 자아 중심적이고 자기 주도적인 유형이 압도적으로 많았다고 한다. 무엇이든 내가 앞장서서 해야 하고 직접 성취해야 만족하는 스타일이란다. 반면 남이 잘되는 것을 도우며 뒤에서 행복을 느끼는 헬퍼helper 유형은 예상했던 대로 매우 적었다고 한다.

저마다의 시민 운동을 전개하고 있는 아이들을 만난 뒤에 과연 시민 운동이란 무엇일까 생각하다가 떠오른 단상이다. 시민 운동이란 궁극적으로 시민 한 사람의 개인적 완성을 뜻하는 게 아닐까 싶었기 때문이다. 나아가 시민의 권리를 침해하는 제도나 관행을 바로잡는 운동과 함께 시민 개인의 독립이라는 중요한 과제를 지금 당장의 일로 생각하고 실천하는 것이어야 하지 않을까 싶었다.

달리 말하면 내가 행복해지기 위해 하는 것이 시민 운동이어야 한다는 생각이다. 내가 행복해지기 위해 남을 돕는 것이 시민 운동이고, 남을 도와 그가 잘되는 꼴을 보는 일이 나의 행복이 되는 경험을 자꾸 하는 것이 시민 운동이지 싶다. 지금으로선 바람에 불과할지 모르지만 태형이, 고은이, 준표, 이 아이들을 생각하고 있으면 먼 미래가 아니라는 확신이 든다.

이 세 아이들의 활동을 한데 묶어서 미래의 새로운 시민 운동이라는 식으로 섣부른 말을 할 생각은 없다. 시민 운동은 이제 분야와 이슈별 분화의 단계를 지나 개인의 삶에 직결된 다양한 생활 실천으로 넘어가고 있다. 사회적 권리 운동의 목소리를 지나 참여하고 봉사하는 자아 성찰 운동으로 진화하고 있다. 이 전환의 흐름 어딘가에 내가 만난 아이들의 활동이 자리하고 있을 것이다.

물론 한창 젊은 이 아이들은 패기가 넘치고 성급하며

다 맺어놓은 결실을 어리숙하게 놓치기도 했다. 하지만 딱 그만큼 자신의 생활 현장에서 조직했던 시민 운동의 경험을 되새김질하면서 튼튼하게 자라고 있었다. 아울러 그 모든 시행착오의 과정을 자신의 신나는 성장 이야기로 들려주면서 잘잘못을 돌아볼 줄 알고 있다는 점이 무엇보다 좋아 보였다.

사실 이 아이들 외에도 내가 만난 아이들은 대부분 자원 봉사나 사회 문화적 운동이라 할 만한 활동을 한두 개씩은 하고 있었다. 그런데도 이 아이들을 따로 묶어 살펴보는 이유는 시민 운동이라는 같은 말을 쓰고 있어도 그 무늬와 향기가 얼마나 다를 수 있는가를 비교해 보고 싶은 욕심이 났기 때문이다. 나는 이 아이들에게서 우리 시대의 시민 운동이 나아갈 길을 찾아보자고 말하고 싶다.

●

태형. 숲 속 아이들을 보고 시작했어요

태형이는 전남 함평군 학교면 학교리에서 십 년을 살았고 경기도 동두천에서 8년을 산 뒤에 열 아홉 살부터 서울을 들락대기 시작했다. 그로부터 지금껏 4년째 마포구에 있는 작은 성미산을 살리는 일에 관여하고 있다. 하자센터를 활동의 터전으로 삼고 있는 태형이를 두고 주변에서는 '아름다운 청년'이라고 불렀다. 한마디로 태형이는 요즘에 보기 드문 스타일의 사람이다.

일렉트릭 기타를 배우러 하자센터를 찾았다가 문화 기획자 워크숍에 더 열심히 참여하게 되었다는 태형이는 3년 전쯤 홍대 앞에 있는 음악 감상 모임에서 조윤석 씨를 만난다. 조윤석 씨는 황신혜밴드의 전 멤버이자 《MDM》이란 음악 잡지를 발행했었고, 마포구 의회 구의원 선거에도 출마했던 홍대 앞 문화의 산 증인이다. 태형이는 그의 사무실에 놀러갔다가 "저녁밥 사줄 테니 같이 전단지 좀 돌리자"는 말을 듣고 얼떨결에 따라나섰다고 한다.

그날 태형이는 "마포구에 하나밖에 없는 자연숲 성미산"이라 적힌 전단지를 들고 처음으로 성미산에 올라갔다. "첫눈에는 정말 볼품없는 산으로 비쳤는데 풀숲에서 불쑥 아이들이 튀어나오더니 '안녕!' 하더라구요." 엄마 손을 붙잡고 다니는 말끔한 복장의 도시 속 아이들과 달리 꾀죄죄한 차림의 그 아이들 눈빛에서 "야, 이 산은 살아야 한다"는 느낌을 갖게 되었다며 태형이는 그때를 회상했다.

그날 이후 태형이는 '성미산 살리기 프로젝트'를 벌이기 시작했다. 배수지 공사와 아파트 건설로 인해 파괴 위기에 처한 성미산을 바라보며 태형이가 준비한 것은 항의 집회와 서울시청 앞 농성과 규탄 대회 같은 투쟁 계획들과는 성격이 달랐다. 태형이는 그런 일에 문외한이기도 했지만, 성미산을 파괴하려는 사람들보다 성미산을 사랑하고 성미산과 함께 살아가려는 사람들의 품을 따듯하게 보듬는 일에 더 관심이 갔기 때문이다.

태형이의 성미산 살리기 시민 운동은 이랬다. 전기를 안 쓰는 숲 속 음악 공연, 색이 벗겨진 운동 기구 페인트칠, 나무조각 수호신 퍼포먼스, 만화 영화 상영, 성미산 사진 전시 등. 주로 성미산 인근 주민들과 하자센터의 청소년들이 함께 하는 쉰 명 안팎의 소박한 축제와 파티들이었다. 물론 주민들이 주말 거리 홍보를 할 때마다 작은 공연팀을 만들어 분위기를 살렸는데, 태형이의 성미산 살리기는 시종일관 남다르게 진행되었다.

"그냥 저마다 성미산을 조용하게 느끼기를 바랐어요. 또 성미산 주민들의 고생을 덜어주는 게 기분 좋았구요." 태형이의 자발적이고 자연적인 시민 운동 경험은 대만에서 열린 '2002 아시아 NGO 포럼'과 '제2회 전국 시민 운동 대회'에 보고되기도 했다. 이 일이 알려져서 작년에는 시민 단체장 추천 특별 전형으로 대학 진학에 도전하기도 했는데, 태형이는 여전히 "제가 한 일을 시민 운동이라고 말하시면 부담스러워요" 하고 조심스레 반응한다.

"샌드위치 가게에서 일할 땐데 노점상 할머니가 항상 얼음 얻으러 왔었거든요. 근데 며칠 동안 안 오시는 거예요. 나중에 들어보니까 데모하러 갔다가 아파서 쉬셨대요. 할머니의 건강을 위하고 도와주는 게 아니라 되레 동원해서 힘들게 하는 운동 단체가 이상했어요." 태형이는 정당한 목적이라도 주변의 작은 것, 특히 함께하는 사람의 일상을 무시하는 처사를 이해하지 못했다. 이런 태도는 어쩌면 태형이의 성장 과정에서 우러나온 자연스러운 반응인지도 모른다.

아빠는 일찍 돌아가시고 엄마는 돈벌러 외지로 나갔기에 태형이의 어린 시절은 외할머니와 단 둘이 지낸 시골 이야기로 채워져 있다. 이야기를 듣다보면 영화 〈집으로〉와 무척 비슷하다는 느낌이 든다. 단지 할머니는 문방구, 담배 가게, 공장, 식당 등을 전전하며 바쁘게 사셨기에 어린 태형이는 하루 용돈 200원을 받아 알아서 놀았다는 점이 영화와 다를 뿐이다.

나는 태형이가 요즘 시대의 아이가 아닌데 타임머신을 타고 지금 여기로 온 게 아닐까 상상해 본다. 순하고 맑으며 부드러운 새순처럼 태형이는 언제나 처음 세상을 보는 사람 같다.

쥐불놀이, 개구리 잡기, 고구마밭 서리 등 "열 살이 되도록 하루하루가 빠짐없이 재밌었다"고 말하는 태형이의 눈에는 당시 그곳의 동산과 논밭과 개울이 연이어 펼쳐지는 듯 하염없이 깊어지고 있었다. 한마디로 태형이는 아무것도 가지지 못했지만 모든 것을 품고 자라난 대자연의 자녀라고 할 수 있다. 자연이 태형이의 몸을 길렀고 마음을 물들였다.

이후 태형이는 동두천에서 미용실을 하던 엄마와 둘이서 중·고등학교 시절을 보낸다. 이때의 이야기는 임순례 감독의 영화 〈세 친구〉와 닮았다. 소심하고 말이 없던 태형이는 "답답했고, 뭔가 통쾌한 일이 찾아오길 기다렸다"며 그 무렵을 떠올렸다. 그러다가 텔레비전에서 펑크 밴드 노브레인의 모습을 보았고, 홍대 앞 클럽에 찾아가 노브레인과 함께 뛰놀던 태형이는 거기에서 알음알음으로 하자센터를 알게 되었으며, 어느 날에는 성미산에 올라가게 되었고, 그곳에서 산 속 아이들과 마주친 것이다.

흙과 나무와 햇살과 바람과 물이 있는 성미산은 태형이에게 자신을 기른 자연을 다시 만나는 의미로 다가왔을 것이다. 숨막히는 서울 도심의 한복판에서 작은 동산이 기르고 있는 아이들을 만났던 그 순간을 태형이가 잊을 수 없다고 말하는 것은 너무 당연해 보였다. 십 년 세월이 두 번 돌아 소년은 다시 소년을 만났고 성미산을 살리는 일을 시작한 것이다. 계속해서 태형이의 발자취를 뒤따라가다 보면 나는 아마도 새로워지는 시민 운동을 보게 되지 싶다.

날마다 노동하며 마음으로 자연 기르기

태형이는 동두천에서 고등학교를 졸업하고 대학을 가지 않았다. 아니 성적 때문에 못 간 것이기도 하다. 대신 태형이는 서울 화곡동에 보증금 300만 원과 월세 28만 원의 자취방을 구하고 하자센터를 다니면서 아르바이트를 했다. 하자센터는 태형이에게 성미산 살리기 운동의 비용과 노하우와 동료를 제공했지만, 밥벌이는 온전히 태형이 자신의 몫이었다.

지난 3년간 태형이는 치열하게 살았다. 강남 청담동 애견 카페에서 시급 3천 원을 받고 시작된 태형이의 아르바이트 인생을 나열해 보자. 경복궁 근처의 천연 염색 공장에서 시급 3천 원, 이화여대 앞 아이스크림 가게에서 시급 2,300원, 이화여대 앞 샌드위치 가게에서 시급 2,500원, 이화여대 학생 식당 설거지로 시급 3,800원, 그리고 요즘은 강남 논현동의 영화 사이트 회사에서 극장 정보 입력 아르바이트로 시급 3천 원을 벌고 있다.

하자센터에 와서 태형이가 제일 처음 벌인 일은 일명 '똥강아지 프로젝트'였다. 똥강아지란 할머니가 자신을 부르던 애칭이었다는데, 시골에서 상경한 노인네들 길 안내를 해주고 자식들에게 비용을 받는 아르바이트 창업이었다. 포스터 붙이고 인터넷에 홍보를 했지만 이 프로젝트는 완전히 망했다. 태형이 스스로도 돈 받기가 쑥스러웠다고 고백한다.

나는 태형이를 만나고 그의 글을 읽으면서 영화 〈집으로〉와 〈세 친구〉를 거쳐 〈똥개〉까지 재관람하는 기분이 들었다. 물론 각 영화의 주인공 캐릭터와 중요한 장면들을 수정해야 태형이의 인생 드라마를 제대로 구성할 수 있을 것이다. 그 다음에 참고할 만한 한국 영화를 나는 아직 찾지 못했다. 태형이는 스스로 밥벌이를 하면서 아주 천천히 몸으로 느끼는 만큼 그가 말하는 "시민 운동 아닌 시민 운동"을 찾아갈 것이 분명해 보인다.

　　태형이는 올 봄에 호주의 쓰레기 재활용 예술팀 '허법' 캠프장에 찾아갈 계획을 세우고 있다. 느릿한 말투와 소박한 몸가짐에 농부의 정직한 미소를 지닌 태형이가 어떤 악기를 만들어와서 성미산 아이들과 무슨 연주를 할지는 전혀 예측할 수 없지만, 틀림없이 작은 동산의 돌멩이와 풀잎과 나뭇가지 소리들이 들려올 것 같다. '아름다운 청년'은 오늘도 노동을 하면서 작은 꿈을 꾸고 있다.

고은. 시내버스에서 태동한 시민 운동

　　웃기자고 가끔 사투리를 흉내 내고는 하지만 고은이처럼 자
연스럽고도 예쁘게 사투리를 잘 쓰는 사람도 없지 싶다. 줄곧 부산
에서 살다가 서울에 온 지 고작 2년 남짓이지만, "서울 공화국에 지
배받고 싶지 않다"고 꼿꼿하게 말하는 고은이는 저속어 취급을 받아
온 사투리가 지역마다 더욱 잘 쓰여야 하는 이유를 똑바로 알고 있
는 것 같았다.

　　고은이는 외동딸로 태어났다. 어려서는 "고무줄과 공기놀이
를 잘하고 싶었지만 못해서" 혼자 노는 아이였다고 한다. 대신 장판
이 안 보일 만큼 방바닥에 동화책을 잔뜩 깔아놓은 채 한 권씩 소리
내 읽고 노는 것이 하루 일과였다. 지금도 고은이는 당시를 생각하
면서 "엄마랑 책을 한아름 사들고 81번 버스를 타고 집에 올 때 제일
행복"했다고 말한다. "책은 얼마든지 사도 돈 아깝지 않다"는 엄마

의 생각이 큰 영향을 끼친 모양이다.

혼자 하는 놀이로 시작된 소녀의 독서는 중학교 2학년 때 "머리 가르마까지 정해 주는 학교" 때문에 벌어진 잠깐의 자퇴 소동을 지나면 텔레비전 읽기로 확대된다. 텔레비전 이야기가 나오자 고은이는 "토할 것 같다"고까지 반응하면서 드라마가 싫다고 했다. 반면에 뉴스와 다큐멘터리와 EBS 프로그램 등을 보는 일은 너무 재미있다는 것이다. 하여튼 고은이는 이렇게 해서 "텔레비전과 책을 끼고" 자라난다.

고은이를 시민 운동의 한복판으로 이끈 터닝 포인트는 중학교 3학년 때 찾아온다. 바로 텔레비전에서 방영한 'PD 수첩'을 보다가 〈독도 문제 이대로 좋은가?〉 하는 프로그램이 고은이의 두 눈에 불꽃을 일으킨 것이다. 당시에는 환경 운동가 대니서 열풍이 불어온 때였다는데, 이 두 가지 사건이 상승 작용을 일으켜서 고은이로 하여금 뭔가 행동에 나서게 만든 것 같았단다.

"나는 막 정의감에 불탔고요. 여군이 꿈이었던 단짝은 애국심이 많았거든요. 둘이 63번 시내버스 뒷좌석에서 수다를 떨다가 갑자기 흥분해서 결의를 했어요." 고은이와 단짝 친구는 그해 여름 학교의 전 교실을 돌면서 '독도 문제' 설명회를 열게 된다. 그러나 친구들의 반응은 무관심과 냉담한 미소였다고 한다.

그럴수록 고은이는 더욱 오기가 났던 것 같다. 그만하면 풀이 죽어서 그만둘 법도 한데 고은이는 작전을 바꿔 일대일 미팅으로 친구들을 만나기 시작한다. 이야기가 통할 것 같은 아이들을 선별해서 따로 만나 설득하는 작업은 무려 석 달 동안 진행되었다. 그 결과 모두 일곱 명의 동지를 규합하게 된다. 고은이와 단짝 친구까지 합한 숫자이니 새로운 멤버는 다섯 명인 셈이다. 중학교의 학내 동아리 '독도사랑 손오가리'는 그렇게 탄생했다.

하지만 그해 겨울은 '독도사랑 손오가리'에게는 너무나 추웠다. 모일 장소가 마땅치 않아서 부산 일대의 청소년회관이나 문화의 집 등 지역 공공 기관이나 단체를 전전하며 불안정하게 보내야 했다. 허나 고은이는 동아리의 결속을 다지는 데에는 오히려 보약이 된 것 같다고 말했다. 맞는 말일 것이다. 작더라도 응축된 힘이 있어야 힘껏 비상하는 법이다. 조직 확대는 고등학교 진학과 함께 일곱 명의 회원이 여러 학교로 흩어지면서 본격적으로 이루어진다.

고은이는 고등학생이 되면서 왕성한 행동에 돌입한다.《청소년신문》에 독도 광고를 싣고, 독도 주제의 4컷 만화 책갈피를 제작해서 나눠주고, 해운대 백사장에 독도 모래조각을 전시했다. 뿐만 아니다. 독도 자료집 콘테스트를 개최하는가 하면 '독도사랑 손오가리' 이름으로 전국 자원 봉사 대회에 참여해서 동아리 홍보에 나서기도 한다.

이 모든 활동의 정점에 있는 사건은 고등학교 2학년 때 일본 부산 영사관 앞에서 벌인 항의 시위다. 역사 교과서 왜곡 문제가 불거졌을 때 고은이는 '독도사랑 손오가리'의 피켓 기습 시위를 계획했다. "신고해도 허가 안 해줄 거야" 지레 짐작한 고은이는 "교복 차림의 여자 아이들 스무 명과 함께 영사관 건물 코앞에 들이닥쳐 데모"를 감행했고 당황한 전경들은 여고생들을 해산시켰다. 결국은 신고를 한 뒤에 다시 가서 평화적 시위를 했다.

"근거나 논리 없이 감정적으로 와~ 하다가 하얗게 잊어버리는 것이 한국 사람의 문제"라는 경험 때문에 고은이는 서울에 올라온 지금도 부산 사투리 쓰는 '독도사랑 손오가리' 활동을 접지 않고 있다. 한때 공연 기획자를 꿈꾸었다는 고은이가 사회과학을 선택하게 된 데에는 고등학교 3학년 무렵 혼자 서울에 와서 〈오페라의 유령〉을 보았던 그날의 고민도 크게 작용했다. 고은이는 눈 내리는 늦은 밤 LG아트센터를 빠져나오면서 서울 권력에 대해 심각하게 생각하게 되었다고 한다.

"자기 지역의 언어를 버려야 출세하는 사회에서" 고은이는 요즘 자원 봉사와 아시아 여행을 통해 다르게 사는 법을 배워가는 중이다. 고은이는 "한 명의 똑똑한 공연 기획자보다 다양성에 대해 제대로 아는 수석 문화 향유자가 많아져야 한다"는 깨달음을 실천으로 옮길 다양한 기획을 준비하겠다고 말했다. 고은이의 말마따나 '위풍당당'의 배두나가 그 사투리와 행동거지 그대로 품격 있고 세련되고 지조 있는 인물로 대우받는 좋은 사회가 만들어지기까지 고은이의 길찾기도 계속될 것 같다.

꿈도 많고 욕심도 크고 고집도 센 고은이는 어느 날 갑자기 불처럼 활활 일어서는 아이다. 부모님의 영향 때문인지 그 열정이 허튼 곳으로 타오른 적이 없다. 자기 관리를 참 잘한다.

나의 영웅 아버지, 나의 동지 어머니

"나의 영웅이 조금씩 죽어가고 있어요." 아버지에 대한 이야기 도중에 고은이의 입에서 불쑥 튀어나온 말이다. 호텔 프론트맨으로 일하면서 만물 박사이자 아마추어 사진 작가로 다방면의 정력적인 활동가였던 아버지는 근육 퇴화 장애인이다. 아버지는 "너는 관료주의가 죽일 수 있는 감성의 소유자"라고 딸을 알아준 분이고, "일 저질러놓고 뒤에 말하는 나에게" 늘 일관된 지지를 보내주는 각별한 세계이다.

아버지는 "어릴 적 텔레비전 뉴스를 보다가 내가 '저거 왜 그래?' 물으면 바로 답해 주지 않고 내가 스스로 사고하고 주장할 수 있도록 이끌어준 현명한 스승"이다. 지금도 전화를 거시면 잔소리는 없고 "우예든 재밌게 지내라"고 고은이가 제 관심사를 따라 살도록 일깨워주는 특별한 후원자다. 아울러 그 아버지는 "이 사회가 장애인을 어떻게 가두고 쭈그러뜨리고 쓰러뜨리는지 사회적 소수자의 시각을 몸소 보여준" 너무나 소중한 사람이다.

"가족한테 내 일이 끝나면 소록도 가서 봉사하며 살겠다"는 엄마는 고은이에겐 없어선 안 될 애틋한 동지다. "내 자신이 별 볼일 없는 사람"이라고 느껴질 때 엄마가 보내주는 메일을 보면 "나는 중요한 사람이고 중요한 일을 할 사람이다"로 바뀐다고 하니, 심지어 정치적 신념마저 같이 이야기를 나눠 뜻을 같이하는 엄마라니, "아무리 사소한 것도 거짓말 없이 숨김없이 나누는 대화 파트너"인 것은 너무 당연해 보인다.

고은이는 하루를 마치며 두 가지 기록을 한다. 중학생 때부터 적어온 금전출납부와 다음날 활동 계획표. "나는 나의 지갑을 지배해요. 소소한 돈을 눈물겹게 모아 큰돈 시원하게 쓰기 위해서죠." 아울러 "내 하루를 내가 원하는 방향으로 컨트롤하는 것이 기쁩니다"라는 고은이. 화장을 싫어하는 맨 얼굴의 고은이는 "최고의 화장은 미소"라며 통크게 웃어보인다. 그의 영웅이 환하게 되살아나고 그의 동지가 아름답게 봉사하는 세계에서 고은이의 미소도 절정에 달할 것이다.

준표. 내가 세상을 바꾸는지 내기할까

사회적 약자와 뉴미디어 그리고 당신을 돕는 깃발. 장차 준표가 펼쳐갈 시민 운동의 세 가지 화두다. 청소년 사회 운동의 크고 작은 발자취마다 빠지지 않고 선두에 등장했던 준표는 이제 청소년이라는 타이틀을 내려놓고 청년이자 성인으로서 또 다른 길을 나서기 위한 터닝 포인트에 서 있다. 우람한 체구에 허리까지 닿는 긴 머리칼을 가진 준표는 겉보기에 이미 다 큰 어른이다.

준표는 대학교 4학년이던 작년 초부터 청소년 문화작업장 하자센터의 기획부원으로 직장인 활동을 시작했다. 한두 해 전만 해도 준표는 하자센터 같은 청소년 단체와 기구를 찾아다니며 청소년의 인권과 자치를 역설하고 보호와 육성의 대상이 아닌 활동의 주체로서 청소년을 강조하던 그 자신 청소년이었다. 그런 준표가 위치를 바꾸어 청소년 활동을 격려하고 지지하며 다양한 사업을 입안하는 기획자가 되었으니 곧게 한 길을 걸어온 셈이다.

이 외에도 준표는 여러 활동을 병행한다. 오마이뉴스와 CBS 라디오를 연결해서 주요 시사 현안에 대해 논쟁적으로 여론을 만들어가는 '표의 메이킹 뉴스'를 기획 운영하기도 한다. 하자센터에서 2년 가량 일을 한 뒤에는 대학원에 진학해서 뉴미디어와 사회를 공부하며 한 차원 다른 실천을 모색할 계획이라고 한다. 나는 준표에게 자신의 파란만장했던 운동적 삶에 대한 평가를 듣고 싶었다.

준표는 지난 활동을 열 여덟 살 이전과 이후로 나누었다. 전자의 시기는 강서구 화곡2동 성당이 주무대였다는데, "후배들이 가장 무서워하는 남성성 강한 리더"의 모습이었다고 한다. "요즘도 제가 성당에 가면 후배들이 다른 선배들과 맞담배 피우다가 딴 데로 가요. 괜찮다는데도……" 착하고 올바르게 살려고 신부가 되리라 다짐했던 준표는 성당의 복사단장을 하며 맡은 임무와 약속 시간에 완벽을 기했고 모범을 넘어서서 하나의 엄격한 권위였다고 한다.

"그땐 제가 굉장히 권력적이었어요." 또래들 사이에선 늘 주인공이고 대장이며 한번 목표를 정하면 될 때까지 밀어붙이는 탓에 약한 여자애들과는 함께 일하기 싫어했다고 한다. 다섯 살 많은 친형 세대와 어울리기를 좋아했고, 또래 친구들에겐 형처럼 "내 이야기를 많이 하고 내 주장대로 관철하는 것"을 즐겼던 준표는 정작 자신은 거부했던 교사의 남성적 권위를 스스로 후배들에게 내보이고 있는 자아를 깨닫기 시작한다. "제가 무지했죠."

변화의 계기는 자퇴를 고민하던 고등학교 2학년 무렵이었다. 한국청소년개발원에서 주최한 청소년 창안제에 놀이 문화에 관한 정책 제안으로 대상을 받은 준표는 입상한 친구들과 청소년 인권 동아리를 만들었다. 이때부터 준표는 성당과 학교의 울타리를 넘어 사회를 경험하게 된다. 또 문화관광부에서 자리를 만든 청소년헌장 공청회에 갔다가 조한혜정 교수와 당시 자퇴생으로 자서전까지 펴냈던 김현진 양을 만나게 되면서 "일 잘하고 똑똑한 여성들을 통해 다른 세상이 있다는 것을 알았다"고 한다.

이후 고등학교 3학년 때에는 학생회장이 되면서 "뭘 바꾸려하지 말고 조용히 공부하다 졸업해라"는 교장의 바람과 정반대로 가장 왕성한 활동을 하게 된다. 국가와 사회의 공적 이익에도 부합하는 청소년 활동을 생각했다는 준표는 학교의 우려에도 불구하고 헌혈 버스를 섭외해서 학교 운동장에 대놓고 전교생의 헌혈을 주도한적이 있었다고 한다. 그때도 고등학교 3학년은 입시 때문에 안 된다는 교사들과 입씨름을 했었다며 한때의 추억이라고 웃는다.

준표의 활동 방향이 확연하게 달라진 것은 학교의 두발 제한으로 상징되는 청소년 억압 체계와 정면으로 맞닥뜨리면서다. "내기 할까? 내가 세상을 바꾸는지, 세상이 날 바꾸는지"라는 당시 리바이스 청바지 광고 문구를 개인의 신념으로 삼아 준표는 머리를 기르기 시작했다. 교육의 이름으로 학교에서 청소년의 두발을 통제하는 일이 완전히 철폐되는 그날 머리를 깎으리라 결심했다는 준표는 지금껏 6년째 허리춤까지 흐르는 긴 머리칼을 치렁치렁 휘날린다.

"돌아보면 다른 이의 이야기를 열심히 듣지 못했던 것 같다"
는 준표는 "이젠 내 깃발이 아니라 당신이 당신의 깃발을 들도록 옆
에서 돕는 일"을 하겠다고 한다. "과거처럼 판을 벌이기보다 흐름을
알차게 만드는 일"이 눈에 들어온다는 준표는 "대한민국에 청소년
활동가들이 곳곳에 많아졌으니까 전 뒤에서 기를 불어넣는 일을 해
야죠" 한다. 벌써 7년째 청소년 운동에 매진해 온 준표는 "냉소를 넘
어 새로운 생산을 하는 시민 운동"을 하고 싶다는 포부를 밝혔다.

"지금도 저 신부 되라고 기도해 주는 수녀님들이 있어요." 자
리를 파할 무렵 준표는 "광진아, 미안하다"라는 말을 써달라면서
"엄마가 깨우면 안 일어나는데 제가 전화하면 벌떡 일어나는 성당 2
년 후배"라면서 마구 웃는다. 얼마나 무서웠길래. 나로선 선뜻 상상
이 안 되는 일이다. 그러나 준표는 앞으로 자신이 느끼고 원하는 만
큼 더 많이 더 빨리 바뀔 것 같다. 변화는 끊임없이 성찰하는 사람의
면류관이니까.

워크홀릭 소리 들을 만하게 발로 뛴 활동들

준표의 열 여덟 살 이후 활동을 간략히 써서 보내달라고 했
더니 잘 정리된 두 장 분량의 이력서가 이메일로 도착했다. '호주와
의 관계' 란에 "호주제를 폐지하자!"는 구호로 시작하는 준표의 이력

백만 서른 하나를 외치다가 다시 하나부터 팔 굽혀펴기를 하는 에너자이저. 내가 알
고 있는 준표의 매력이다. 그런 준표의 가슴에도 미처 생각하지 못한 고운 마음밭이
펼쳐져 있다.

서는 매우 다채롭고 화려했다. '10대 워크 홀릭' 소리를 들을 만큼 정말 별별 일에 다 관여하며 살았구나 싶었다.

열 여덟 살엔 청소년 인권 동아리 '타래'를 시작으로 웹진 '사이버 유스' 기자로 일했고, 열 아홉 살엔《한겨레》청소년 기자와 청소년 웹 연대 'With' 공동대표, 오마이뉴스 기자를 거쳐 문화관광부 청소년국과 청소년개발원 같은 정부 단체나 기업이 제안한 다양한 청소년 활동 기획에 주도적으로 참여했다.

스무 살에는 두발 제한 반대 서명 운동을 벌였고, 청소년 기관이나 단체에서 벌이는 비즈니스 캠프와 온라인 축제 기획을 하면서 아시아 NGO 포럼에 한국 청소년 대표로 참가하는 등 시야를 국제 무대로 넓혔다. 스물 한 살엔 대학 학보사 인터넷부장을 하면서 아예 인터넷 학보를 창간했다.

스물 두 살엔 방송의 날을 기념해 KBS 라디오의 '청소년 의식 조사 프로그램'을 기획하고, 3회 APNG(다음 세대를 위한 아시아 지역의 인터넷 리더를 키우는 국제 캠프) 프로그램을 기획했으며, 그해 하반기에 들어서는 만 18세 선거권 운동 '낮추자' 연대 모임을 운영했다.

그리고 작년 1월 하자센터에 입사하고 4회 APNG 의장 역할을 하는 등 여전히 크고 작은 일들에 관여하고 있으면서 또 다른 궁리를 하기에 바쁘다. 근자에는 하자센터의 조한혜정 교수와 전효관 박사 등 멘토들에게 "그만 일 벌이고 앞날을 위한 공부에 전념하라"는 집중적인 퇴사 촉구와 충고를 듣는다고 했다.

이렇듯 준표에게 직설적인 비판과 풍부한 충고를 해주는 어른들과 동료들이 많다는 것은 이루 셈할 수 없는 큰 재산이다. 준표가 서른 살 문턱에 이르러 다시 나에게 이력서를 보내준다면 무슨 이야기가 새로 써 있을까?

세계 보물지도를 다시 그리는 아이들

민영
상희
경수
은아

●

개인마다 세계화의 의미는 서로 다른 삶의 무늬와 향기로 배어난다. 삶의 거처를 해외로 옮기기, 소위 일류 문명을 영위하는 선진국 시민 따라잡기, 정처 없이 여러 나라를 여행하며 살기 등. 이런 삶의 모습도 세계화된 것이다. 하지만 나는 어른들이 생각하기 쉬운 이런 방식과 다르게 세계를 만나는 아이를 보고 싶었다. 새로운 세계를 발견하며 행복해 하는 아이가 꼭 있을 것 같았다.

세계화는 한국 사회를 포함한 모든 나라를 지구촌의 숱한 지역의 하나로 상대화하고 주변화하는 과정이다. 동시에 한국으로 쏟아져 들어온 세계가 강제로라도 한국을 다양성의 사회로 바꾸는 과정이다. 한국 속에 들어와서 꿈틀대는 세계를 한 번이라도 제대로 느껴본다면 세계화된 삶은 국경을 넘지 않고도 지금 이곳에서 얼마든지 선택 가능하다.

또한 세계화는 미국과 유럽 문화의 편협한 시각을 벗어나 무수히 다른 세계를 내 삶으로 초대하는 행위이다. 1980~90년대의 대학생들은 주로 영미권 나라로 배낭 여행을 떠났다. 반면 요즘 젊은이들의 발길은 아시아 전역은 물론 중동 지역, 라틴아메리카, 아프리카 등 여러 지역으로 넓어지고 있다. 문화적 상대주의와 다원주의를 폭넓게 체험할 수 있는 좋은 변화다.

내가 만난 민영이, 상희, 경수, 은아의 평화롭고 당당한 얼굴은 세계화 시대의 진정한 웰빙well-being이 무엇일까 생각하게 만들었다. 세계화 시대의 허구적 성공 스토리와 유행처럼 획일화된 삶의 패턴을 넘어 있는 사람만이 갖는 행복한 표정을 이 아이들은 보여주고 있었다. 그것은 학교와 사회가 가르쳐주지 않는 또 다른 세계의 발견에서 비롯되었고, 자기 내면의 끝없는 질문에서 출발하는 여행이었다.

국경을 넘어 세계를 탐구하는 삶, 국경을 넘어 온 세계와 호흡하는 삶, 타인들의 세계를 만나고 내 삶과 행복의 의미를 물으며 성장하는 삶…… 나는 한국의 부모와 교사와 아이들이 이 아이들의 세계 보물 지도를 알뜰하게 참고하길 바란다. 그리고 자기 버전으로 고쳐 쓰기를 바란다. 나는 이 아이들의 세계 보물 지도를 엿보면서 시원하게 세수를 한 기분이 들었다.

아이는 저마다의 세계 보물 지도를 그리고 살아갈 권리가 있다. 아이에게 부모와 학교의 낡은 지도를 강요하는 대신 세계로 통하는 모든 길을 열어놓자. 아이는 한국과 미국 외에도 수많은 보물을 발견할 것이다. 아이는 세계의 보물을 찾아 여행을 떠나면서 어른들이 몰랐던 자아를 찾아내고 스스로를 먹이고 입히며 키워갈 것이다. 이것이 보물보다 더 소중한 세계 보물 지도의 가치다.

●

민영. 아이의 꿈은 세계를 부른다

올해 대학을 갓 졸업한 민영이는 곧 아프가니스탄으로 간다. 그곳에서 유니세프의 인턴으로 일하다가 'Save the Children' 이라는 국제 어린이 구호 단체에서 2년 가량을 활동할 계획이다. 이어 미국에서 수질학을 공부하고 유니세프의 정직원이 될 생각이다. 다음에는 다시 아프가니스탄에 가서 어린이에게 맑은 물을 제공하는 사업을 펼치는 것이 목표다. 작년에는 열흘간 아프가니스탄의 카불에 머물면서 사전 답사를 마쳤다.

민영이는 어떻게 해서 그 먼 곳까지 갈 생각을 했을까? 어릴 때부터 다운증후군에 걸린 사촌언니를 보면서 유전병의 근원을 밝혀 어린이들이 행복하게 살도록 하는 꿈을 갖게 되었다고 한다. 이 바람은 초 · 중 · 고 12년을 거치는 동안에도 이어져서 대학의 생명과학 전공으로 연결된 듯 보였다.

그러나 민영이는 고개를 저었다. "학생을 비효율적 소비자로 전락시키는" 제도 교육의 터널을 힘겹게 통과하고 나서야 "어린이에 대한 내 꿈"을 서서히 재발견했다고 한다. 학교는 민영이의 꿈을 성장시키는 데에 도움이 되지 못한 것이다. 터닝 포인트는 스물 한 살 여름 미국에서 찾아왔다. 민영이는 미국에서도 오지로 알려진 와이오밍 주의 걸스카우트 캠프에 외국인 지도자(캠프 카운슬러) 자격으로 참여하게 된다.

이미 청소년 단체 등 여러 가지 활동을 해오던 민영이었다. 하지만 민영이는 "어린이 캠프 교사를 기르는 체계적인 시스템"은 물론이거니와 "그런 낙후된 지역의 미국 어린이들도 캠프를 통해 양질의 교육을 받는다는 것"에 커다란 충격을 받았다고 한다. 다운증후군에 걸린 사촌언니와 어린이들을 행복하게 하겠다는 자신의 꿈이 오랜 먼지를 털고 선명하게 되살아나는 순간이었다. 그만큼 자극이 많았던 두 달 동안의 캠프를 마치자 민영이는 그냥 돌아올 수가 없었다고 한다.

내친김이라고 생각하고 40여 일에 걸쳐 혼자 미국의 15개 주를 여행하면서 온갖 상념에 잠겼던 민영이는 두 가지를 결심한다. 하나는 영어를 정말 잘해서 어린이·청소년 활동에 관한 세계의 앞서가는 노하우를 배우겠다는 것. 다른 하나는 한국에 돌아와서 농어촌 어린이들에게도 양질의 교육을 맛볼 수 있게 해주겠다는 것이었다.

이듬해 민영이는 친구와 둘이서 한국농어촌청소년재단의 해외 탐방 공모전에 뛰어들어 다시 한 번 미국과 일본 사례를 현지 조사했다. 〈농어촌 폐교를 활용한 어린이 캠프〉라는 A4 100쪽 짜리 보고서는 그 결과였다. 다음해에는 강원도 철원에서 어린이 캠프를 조직했다. 시큰둥했던 동네 어른들의 이해와 도움을 끌어내며 나름대로 최선을 다한 일이었다.

민영이의 어린이·청소년 자원 봉사 활동은 계속되었다. 그러던 중 민영이를 주목하고 있던 한 청소년 단체에서 뜻밖의 추천을 했다. 인도에서 열리는 '반反 테러리즘 청년국제회의'에 한국 대표로 참가하는 일이었다. 테러가 어린이의 생명을 위협하는 중대한 문제라고 생각한 민영이는 국제회의에 참가해서 세계의 다양한 활동을 배울 기회라고 여기고 인도로 향했다.

그러나 국제회의 첫날부터 민영이는 얼굴이 화끈거렸다고 한다. 그 회의는 세계 각국의 정치 초년생이나 지망생이 모이는 자리였던 것이다. 그만큼 국내에서 이뤄지는 정보 배분과 적임자 선발이 엉성하다는 사실을 절감했다. 민영이는 작년 여름 아프가니스탄 사전 답사를 갔다가 돌아오는 길에 인도 본부에 다시 들렀다. 굳이 다른 청년을 한국 대표 후보로 소개해 주고서야 마음이 놓였다는 민영이다.

이후 민영이의 관심은 온통 조직으로 모아졌다. 민영이가 만든 단체의 이름은 '국제교류정보센터 유스클럽'(www.youthclip.org)이다. 작년 10월에는 이 단체가 주최해서 '2003 국제교류박람회'를 개최했다. 부제는 '세계와 만나는 특별한 20가지 방법'. 세계로 가는 길은 너무 많지만 국내에서 현장 경험을 쌓고 영어 회화가 가능하며 세계 봉사라는 의지를 갖는 것이 '특별한 방법'의 비결이라고 민영이는 강조한다.

민영이는 국제 기구나 국제 단체가 주최하는 컨퍼런스와 포럼에 한국 청년 대표로 참여하는 기회가 얼마나 매력적인 것인지 누구보다 잘 알고 있었다. 그러나 문제는 정보가 고이고 경험이 공유되지 않아 꼭 가야 하는 사람이 가지 못하게 되는 현실이라고 민영이는 지적했다. 그 동안 어린이 또는 청소년이라는 주제를 가지고 여섯 차례나 나라 바깥으로 나가보았지만, 그때마다 자기가 살고 있는 지역에서의 실천을 기반으로 하지 않은 세계화가 얼마나 큰 허상인지 더욱 절실하게 깨달았다고 한다.

"일본군 위안부 할머니들과 시위 한 번 안 해본 사람이 영어만 잘한다거나 정보를 먼저 알았다고 해서 여성이니 평화니 하면서 국제 회의에 나가선 안 되지요."

온라인 회원 1,000명, 정회원 100명, 국제 활동가 30명으로 발돋움한 '유스클럽'. 이 단체를 세계와 특별하게 소통하는 한국의 명실상부한 허브 조직으로 키우는 것이 민영이의 새로운 꿈이 되었다. 나는 민영이가 계획하는 '아프가니스탄 어린이 돕기 물 사업' 이야기로 다시 돌아와 물었다. 민영이에게 아프가니스탄 어린이는 무엇인가?

민영이는 어렸을 때부터 특별한 사랑을 키워왔다. 가난한 나라와 분쟁 지역의 아이들을 도우며 살겠다는 주도면밀한 준비 때문에 민영이의 꿈은 나이를 먹을수록 더욱 맑아진다.

"왜 가냐구요? 아파봤던 사람이 아픈 곳에 가는 것이지요."

즉각 돌아온 민영이의 대답은 간명하고도 힘이 있었다. 티없이 맑은 눈으로 다운증후군에 걸린 사촌언니를 보고 자란 아이의 꿈은 학교의 도움 없이 스스로의 힘으로 열린 세계를 만나면서 그렇게 생생하게 되살아날 수 있었던 모양이다. 어린 민영이의 꿈이 세계를 부르고 세계가 다시 민영이의 오랜 꿈을 부르고 있었다.

인생의 역할 모델이 되어준 세 사람

민영이는 자신을 "진지함과 엉뚱함을 조합한 사람"이라고 표현했다. 어린 시절부터 민영이는 산만한 아이였다고 한다. 거미줄에 걸린 잠자리를 구한다고 돌멩이를 던졌다가 아빠 자동차의 유리문을 박살냈는가 하면, 놀다가 공사중인 집 구조물을 무너뜨리기도 했다. 또래 아이들이 바비 인형을 좋아할 때 자기는 흙 만지고 동네방네 뛰어다닌 아이였단다.

그 아이에게 부모는 이제껏 공부로든 뭐로든 다그치는 말을 한 번도 안 했다니 참 용하다. 대신 "넌 뭐든지 잘할 거야. 하고 싶은 일을 해라"고 말해 주었단다. 어릴 땐 부모의 그런 '무관심'이 야속했지만, 지금은 그것이 스스로를 관리하도록 한 비법이었음에 감사하고 있다. "사람은 타고나지 않고 말에 의해 만들어지는 것 같아요." 민영이의 결론이다.

어린이 구호 국제 활동가를 준비하는 민영이한테는 세 사람의 역할 모델role model이 있다. 한 명은 미국 걸스카우트 캠프에서 만난 미술 디렉터 로비. 장애인 복지학을 전공하는 대학생이자 미술 교사이며 걸스카우트 리더이자 수영 강사이고 캠프 지도자이자 여행가였던 그녀와 생활하면서 "자신도 즐거우면서 남을 행복하게 하는 다재다능한 인생"을 동경하게 되었다고 한다.

다른 한 명은 전 한국 유네스코 이지향 간사. 지금은 버클리 대학에서 동아시아 지역학을 공부한다는 그녀는 영어와 일본어를 능숙하게 구사하는 인재이면서 한국인의 정체성에 대한 생각이 유독 많은 사람이라고 한다. 특히 민영이는 아시아 어린이와 청소년의 삶에 대한 국제적 이슈에 눈을 뜨고 열의를 불태우게 된 데에는 그녀의 몫이 크다고 말했다. "나에게 너무 완벽한 모델이랍니다."

마지막으로 한 명은 아놀드 슈워제네거. 꼭 만나보고 싶은 인물이란다. 영어 때문에 고생한 타지의 촌뜨기가 미국의 보디빌더가 되고 영화 배우가 되고 캘리포니아 주지사가 되기까지 "한 개인의 인간적인 노력을 존경한다"는 것이 그를 보고 싶어하는 이유였다. 나는 조금은 의아해 했지만 그런 발상이 바로 민영이의 엉뚱함이자 진지함이 아닐까 싶었다. 민영이는 그런 엉뚱함 때문에 앞으로도 여러 번 샛길로 접어들 것이고 그때마다 자신의 꿈을 넓혀가며 잘 살아갈 것이다.

상희. 한국에서도 다 할 수 있어요

하나. "외국 교포 아니래." 둘, "서울 애도 아니더라." 셋, "강원도에서 살았대." 상희의 능숙한 영어 실력 때문에 생긴 3대 해프닝이다. 그러나 상희는 그 흔한 해외 연수를 한 번도 못해 봤다. 열아홉 살 때 보이스카우트 통역으로 따라간 20일간의 미국 여행이 외국 체류 경험의 전부다. 상희는 줄곧 동해시에서 나서 자랐고 대학 진학 때문에 처음 서울에 왔으며 작년에 졸업했다.

얼마나 영어를 잘했기에 그런 소리를 듣고 자랐을까? 지금은 "국제적 이슈와 언론 활동과 현장 조직"이 인생의 화두가 된 상희에게 영어는 놀이였다고 한다. 세 살에 영어로 된 재미있는 비디오를 봤고, 일곱 살에 팝송을 불렀으며, 중학교 2학년 때는 영어 회화 학원에 다녔다는 이야기를 듣고 나니 한국 부모들의 '치맛바람과 조기 교육'부터 떠올랐다.

나의 심상치 않은 눈치를 파악했는지 "말하려는 욕구가 많고 사람 사귀기 좋아한" 딸의 특성을 눈여겨본 엄마가 "일찍부터 관계를 열어주고 지켜봐 준 것"이라고 상희는 덧붙인다. 덕분에 상희는 동해시에서 외국인 강사들의 한국말을 통역하며 노는 아이였고, 나이 많은 수강생들의 영어 고민을 상담해 주는 오지랖 넓은 학생으로 컸다고 한다.

뛰어난 영어 회화와 말하기를 좋아하는 특성을 살려 대학에서 영어영문과 방송정보의 복수 전공을 선택한 상희는 "많은 일을 만들기" 시작한다. 먼저 통역 자원 봉사 일. 스키 월드컵 대회, 아시아 퍼시픽 잼버리, 월드컵 조 추첨 행사, 월드컵 상암경기장 VIP석, 인사동 인포메이션 부스 등등에서 통역을 했다. "타이밍 놓쳐서 ASEM 참여 못한 게 아쉽다"고 입맛을 다시고, "인사동 통역은 짬을 내서 곧 다시 시작할 것"이라고 전의를 불태운다.

다음은 정부의 국제 회의 통역·수행·의전 경험이다. "외교통상부 의전실의 대학생 단기 인턴처럼 일한 것"들로서 월드컵 국빈, 노벨재단 사무총장 일행, 부산아시안게임 특별 초청 외빈, 포럼 각국 외무부 각료 등을 모신 것이다. 이 과정에서 일을 깔끔하게 잘한다고 호평을 받은 상희는 추천을 받아 법무부의 '반부패 세계회의 준비사무국'에서 4개월간 근무를 하기도 했다. 하지만 "뜻한 바 있어" 과감하게 다른 길을 갔다.

그 바쁜 와중에도 "주말마다 홍대 앞 테크노 클럽에 출근"하는 알아주는 '죽순이'가 바로 자신이라며 웃는다. 물론 그냥 논 것은 아니다. 대학 축제에서는 "전공 학부에서 유례가 없던 레이브 파티를 열어 인기 폭발"이었고, 이를 지켜본 교수의 소개로 결혼 정보 회사의 파티 기획에도 참여한다. 스물 한 살 생일도 홍대 앞 바를 빌리고 친구 서른 명을 초대해서 테크노 파티를 했을 만큼 상희는 "작은 일이라도 조명에서 마케팅까지 제대로 해야" 직성이 풀린단다.

20년 남짓 인생에 "쉬어본 적이 없다"고 자평할 만큼 정신없이 달려온 상희. 그렇게 쉼없이 내달려온 그가 현대불교신문사(www.buddhanews.com)에 입사하자 주변에선 선뜻 이해를 하지 못했다. 그러나 "내 결정이 나한테 먼저 설득되어야 한다"는 상희가 꼽아준 세 가지 이유는 똑 부러질 만큼 명쾌했다. "첫째 불교계 일이 국제적 이슈가 많아 성장 가능성이 높고, 둘째 언론 경험을 할 수 있으며, 셋째 불교가 모태 신앙이라서" 선택한 진로라는 것.

상희는 요즘 "해외 불교의 추세는 어떤지, 한국 불교가 해외로 나가는 길은 무엇인지" 탐구하는 중이다. 이 주제에 내공이 쌓이고 "경제적으로 완전히 홀로 서기가 되면" 방송학 공부를 위해 해외 유학을 떠날 생각이란다. 정부간 국제 교류 분야에서 일하고 싶다는 상희는 "현장 뛰어다니고 직접 기사 써서 세계에 뉴스를 전하는 국제 언론 종사자"의 길도 같이 찾고 있다.

스스로 "자발적 동시다발형 인간"이라고 말하는 상희는 "계속 찾는다면 기회는 언제든 온다"면서 날마다 "한 번만 더 주변을 관찰하자"고 자신을 독려한다고 했다. 아마도 이런 확신과 열망 때문에라도 동해시의 소녀는 머지않아 세계를 동분서주하며 바삐 살게 될 것이라는 예감이 들었다. 역시 중요한 것은 영어가 아니라 삶의 자세다.

한국 사회에서 세계를 섭렵했고 세계로 나아가는 첫 발판으로 불교계 언론사를 선택한 상희는 자신이 자란 지역을 사랑하면서 세계와 소통하는 삶의 모델이다. 어린 자녀의 언어적 재질을 보고 길을 열어준 엄마의 혜안도 한몫을 했겠지만, 놀면서 배운 영어를 통해 상희가 터득한 가장 중요한 지혜는 세계의 수많은 친구들과 함께 하는 관계의 방식이었던 것 같다.

상희 말대로 영어를 잘한다는 점이 고마운 이유는 "아주 다양한 사람들을 알게 되는 즐거움" 때문이다. 원어민 발음이 중요한 것도 아니다. "사귀려는 열정과 서로를 알게 되는 기쁨"을 잃지 않으면 되는 것이다. 상희를 사랑하는 외국인 친구들이 기억하는 모습역시 영어를 잘하는 상희가 아니라 몸으로 뛰어다니며 관계 자체를 즐거워하는 상희일 것이다.

가장 큰 재산은 세계를 잇는 비상 연락망

상희는 타고난 오거나이저organizer이자 네트워커networker다. 동해시에서 외국인 강사들과 놀 때부터 지금껏 자처한 역할이 전부

137

상희는 노는 것도 공부하는 것도 대충 하는 법이 없어 보인다. 게다가 놀면서 일하고 학습하면서 즐기는 노하우에서도 남다른 성취를 보여준다. 상희는 계획을 세우면 그 대로 한다.

그렇다. "기획하고 섭외하고 조직하고 수행하는" 과정을 즐길 줄 알게 된 것이다. 여기에다 영어 회화가 뒷받침되니 장차 국제 무대로 발을 넓히는 것은 그의 운명이지 싶다. 당연히 인맥 밑천이 사방으로 깔렸다. 상희가 꼽는 국제 분야의 인프라 세 가지를 살펴보자.

첫째, 정부 부처나 관계 기관 어른들과의 인연이 있다. 둘째, AFP 같은 국제 언론 종사자들과의 만남이다. 이런 인맥은 또래치고는 쉽지 않은 자산이다. 셋째, '한·아세안 미래 지향적 청소년 교류 프로그램'에서 사귄 아세안 10개국과 세계 각국의 친구들 리스트가 있다. 상희는 특히 마지막 경우를 가리키며 "이 루트만 갖고 있으면 숙박비 걱정 없이 세계를 다닐 수 있다"면서 든든한 마음을 내비쳤다.

이만한 스케일을 담아낼 수 있는 네트워크라면 만만치 않은 추진력인데 대체 그 힘은 어디에서 나온 걸까? 가장 큰 에너지원은 딸의 장단점에 맞게 적절히 길을 터주는 안목은 물론 "청소부를 하더라도 네가 좋아서 하는 것이면 된다"고 절대적 신뢰를 불어넣어 준 어머니의 존재다. 고등학교 3년 내내 수학 '가' 등급을 받아와도 꿈적하지 않고 딸의 장점을 지지해 준 어머니의 믿음에서 상희의 자신감이 만들어졌다.

남다른 불심도 어머니에게 물려받은 유산인데, "신앙보다는 수행"이자 "스스로 공부하는 종교"로서 불교는 상희의 큰 자양분이다. "내가 가장 밑바닥에 떨어졌을 때 인연이란 이름으로 기회를 주는 내면의 소리"가 상희의 불교다. 일견 너무 바삐 돌아가는 듯이 느껴지기도 하지만 자신에게 온 모든 일이 그런 인연이라고 믿고 살아왔단다. 믿음의 크기대로 보인다고 했던가. 걸어간 만큼 길이 생긴다고 했던가. 상희의 성장 이야기를 들으면서 문득문득 들었던 생각이다.

경수. 도피하다가 만난 세계 평화

경수는 평범한 성장기를 보냈다고 했다. 고등학교에 입학할 당시에는 전교 상위 성적이었다가 졸업할 때에는 거의 꼴등을 맴돌았고, 그림이 좋아 5년간 미술 학원을 다녔으나 입시 미술 대신 만화에 빠져 지냈던 기억을 빼면 말이다. 경수는 "고등학교 3학년 때 거의 학교를 안 갔는데도 개근상을 주더라"며 희한했던 그 무렵을 떠올렸다.

"내가 무엇을 할 수 있고 해야 하는지" 몰라 대학을 포기하고 책과 만화를 보며 지내던 경수는 "굉장한 불안과 무기력 상태"가 싫어서 몸부림을 쳤다. 때마침 호기심도 동해서 인터넷 봉사 동아리 문을 두드렸다고 한다. 넷츠고 '사랑나무 가꾸는 사람들'. 도피처럼 시작한 봉사는 주 1회씩 일년을 넘어갔다. 독거 노인, 고아, 장애우를 도우면서 "내가 살아있다는 것"을 조금 맛본 경수는 이때의 경험이 개인주의적 사고 방식을 벗어나는 계기가 된 것 같다고 했다.

엇비슷한 시기에 경수는 인터넷을 통해 청소년 인권 활동도 같이 접하고 있었다. 스무 살에는 직접 '자유의 검은 리본'이라는 시민 단체를 만들게 된다. 만화 유통 시스템을 교란하는 만화 대여제와 창작·표현의 자유를 막는 청소년보호법에 반대하는 운동이다. 인터넷 다음 카페에 차린 모임은 회원이 3천 명으로 늘어 신이 났지만, 이름이 알려지고 토론이 많아질수록 피로와 허전함에 직면했다고 한다.

좋아서 시작한 일이지만 "계속 전화 오고 의미 없이 여러 사람을 만나야 했다"는 경수는 아르바이트로 모은 150만 원을 들고 훌쩍 한국을 떠났다. 자신이 만든 일로부터 도피하기 위해 북경, 상해, 천진, 서안 등지를 싸돌아다닌 경수. 그러나 경수가 얻은 가장 큰 소득은 중국 유람이 아니라 일본인 친구였다고 한다. 명문대를 졸업하고 해외에서 NGO 자원 활동을 하는 일본 청년. 우연히 친구가 된 그 청년의 삶은 경수에게 "어떻게 살 것인가"라는 화두를 주었다.

경수는 귀국하자마자 열심히 돈을 벌었고 이번에는 인도로 떠났다. 달라이 라마의 티베트 임시 정부가 있는 다람살라, 캘커타의 마더 테레사 하우스, 부처가 태어난 룸비니 등지를 돌아다니면서 40여 일을 살았다. 경수는 그 과정에서 많은 이들을 보았는데, 특히 마더 테레사 하우스의 한 일본인 자원 봉사자 아주머니를 잊을 수 없다고 했다.

나는 경수가 세계를 누비며 갖가지 사회 문제에 매달리지 않았다면 성직자가 되지 않
았을까 생각해 본다. 그만큼 경수에게는 동물성 투쟁 의지보다는 식물성 평화 의지가
넘쳐난다.

경수도 그곳에서 직접 병자를 돌보면서 지냈는데, 세계 각지에서 찾아온 각양각색의 자원 봉사자들을 주의 깊게 살펴보게 되었다고 한다. 그중에서도 일본인 아주머니는 일년 단위로 9개월은 일본에서 일해 돈을 벌고 3개월은 인도에 머물면서 봉사하는 생활을 십 년째 이어가고 있는 사람이었다고 했다. 일본인 아주머니의 삶은 일본인 청년이 경수에게 던져준 화두를 다시 한 번 환기시켰다. 어떻게 살 것인가?

한국에 돌아온 경수는 유네스코 주최의 국제청년야영IYC 진행 본부에서 일을 하며 본격적인 정보 교류에 나섰다. "국제적 시야와 감각을 키우려고 참여"를 계획한 일이었다고 이야기한 경수는, 그때가 도피처삼아 시작한 봉사 동아리 활동과 여행에서 보고 느낀 것들을 어느 정도는 마음속에서 정리한 다음이었다고 한다.

하지만 어떻게 살 것인가 하는 물음을 일단락 짓게 만든 계기는 이제 막 시작되고 있었다. 전 세계적으로 불어닥친 이라크 전쟁 반대의 물결. 경수 역시 한국에서 반전 운동의 대열에 참여하고 있었다. 경수의 마음을 흔든 것은 분쟁 지역에서 활동하는 세계 평화 운동가들의 존재였다. 그들의 메시지와 젊은 그들의 살아가는 모습을 접하며 강렬한 인상을 받았다고 한다.

"반전 운동을 하다가 갑자기 나도 분쟁 지역을 체험해야겠다고 생각했습니다." 나보다 육체적으로 열악한 사람을 돕는 봉사, 자신이 좋아하던 만화의 당연한 권리를 찾아나섰던 일, 세계 각지에서 묵묵히 빈자와 병자를 돕는 나눔의 생활 등 경수가 겪었던 모든 체험들이 마치 영상처럼 전쟁 현장에서 난민과 동고동락하며 살아가는 세계 평화 운동가들의 이미지로 수렴되는 것 같았다고 했다.

내가 이 글을 쓰는 지금, 경수는 팔레스타인에서 한창 활동하고 있을 것이다. "중동 지역을 돌아보고 키부츠 공동체에서 자원봉사를 한 다음에 팔레스타인에 들어갈 겁니다." 반전평화팀으로 이라크에 갔던 이들이 주축이 되어 만든 (가칭) '팔레스타인 평화연대'(pal.or.kr)와 뜻을 같이해서 이루어진 행동이었다. 인터뷰 당시 경수는 며칠 뒤면 이스라엘로 떠날 채비를 마친 상태였다.

'필드 워커field worker' 라는 말을 가장 좋아한다는 경수는 "국제적 토픽을 찾아 현지에서 살며 세계 평화 운동을 하는 것"이 자신의 삶이길 원한다고 했다. "한국 친구들은 어디에 취직할 것인가 고민합니다. 저는 제가 살아있다고 느끼는 일을 찾고 싶습니다." 올해 여름이 지나면 구릿빛으로 바뀐 경수의 얼굴을 볼 수 있을 것 같다. 도피가 아닌 이번 여행에서 경수가 무슨 깨달음을 들고 돌아올지 무척 기다려진다.

길 찾는 이에게는 길 위의 스승이 있다

경수가 열 여덟 살 때부터 5년째 걸어가고 있는 이 길 위에는 많은 사람들의 발자취가 함께 남아 있다. 이들이 경수에게 특별한 이유는 분명했다. 또래들이 입시에 전력하던 고등학교 3학년 시기에 홀로 대오를 이탈해 찾아간 길찾기의 소중한 동무들이기 때문이다. 속으로 들끓던 수많은 의심과 혼란에 대해 저마다 자기 삶의 모습으로 대답을 해준 친구들.

중국 여행중 만난 일본 청년 미치오 코지마. 이름을 기억하지 못하는 마더 테레사 하우스의 일본인 아주머니. 그들 한 사람 한 사람의 존재가 경수에게는 고스란히 삶의 이정표로 살아있었다. 이외에도 인도에서 만났던 절실한 기독교 신자 창욱 씨나 불자로서 힌두교 역사를 소개해 준 대연 스님 등을 잊을 수 없다고 했다.

경수가 그들 길 위의 스승들에게 얻은 배움은 결코 만만한 무게가 아니었다. 일류 대학을 나오고 미국 유학을 거쳐 해외 취업을 포기하고 NGO 활동을 한다는 일본인 청년이 경수에게 들려준 말은 아주 소박하고 간명했다. "난 혜택을 많이 받았는데 그걸 먼저 나누는 것은 내게 너무 당연한 결론"이라는 이야기.

일본인 아주머니의 봉사하는 삶은 마더 테레사 하우스를 반나절 획 둘러보고 사라진 한국인 단체 관광객의 신속한 뒷모습과 함께 경수의 기억에 강렬한 장면으로 대비되어 남아 있다. 그것은 경수에게 어느 자리에 서 있을 것인가를 묻게 한다고 한다. 일본인 아주머니의 침묵 역시 경수에게 소중한 말을 건넨 셈이다.

뿐만 아니라 경수는 창욱 씨와 대연 스님에게서 자신에게 닥친 위기나 불행마저 긍정적 태도로 받아들이는 배움을 얻었다고 했다. 그 모든 악연이 "나를 일깨우고 배우게 하기 위해서"라고 믿고 살아가는 사람들이 보여주는 강하고 아름다운 삶. 경수는 오래오래 기억하게 될 것 같다고 말했다.

　　두 번째 여행을 마치고 귀국해서 이것저것 하던 시기에 사람들이 "뭐하며 살 거냐?"는 질문을 던지면 "좋은 사람을 만나는 여행을 계속하겠다"고 대답했다는 경수. 이 세상의 판에 박힌 질문들이 길 위에서는 얼마나 쓸모가 없는지, 길 떠나본 경수는 잘 알 것이다.

은아. 약자와 소통하는 자리에서

　　나라별 이름을 여럿 가진 사람은 국제 스파이나 킬러라는 것
이 첩보 영화를 자주 보는 나의 심드렁한 선입견이다. 아랍 말 이름
아말룬(소망), 미얀마 명 탄다뷰(물 정수하는 돌), 방글라데시 줌마 어 갈
파나(창작력), 쿠르드 어 골랄라(장미꽃), 영어 명 제시카, 북한식 애칭
옥토끼를 가진 은아는 나의 그런 좁아터진 상상을 박하향처럼 싸하
게 넓혀주었다. 은아는 국제 난민 자원 활동가 모임인 '피난처'
(http://pnan.org)의 간사 네 사람 중 한 명이다.

　　그 많은 이름은 각국의 난민 친구들이 지어줬다. 덕분에 은
아는 이미 할 줄 알았던 모국어와 영어 외에도 스페인 어, 중국어,
일어, 미얀마 어, 아랍 어, 심지어 잊혀진 나라의 부족어까지 조금씩
하게 되었다. 조선족, 탈북자, 이주 노동자, 정치적 난민 등 한국과
맺어진 모든 나라의 약자와 연대하며 사는 은아에게는 익숙한 일이

란다. 대체 은아는 몇 개의 이름을 더 갖게 될까? 앞으로도 온갖 나라 사람들을 사귈 테니 당분간 끝이 없을 것 같다.

이렇듯 한국 사회 속의 또 다른 세계에 사는 은아는 아홉 살에 처음 국경을 넘었다고 한다. 어려워진 가족 형편 때문에 미국 친척집에 보내진 것이다. 열 다섯 살에 돌아오기까지 은아는 "한국에서는 박사 하고 미국에서는 정육점 하는 한국 아빠들"을 보고 자랐다. "지역마다 다르겠지만 다양성보다는 미국적 사고와 가치부터 주입"하는 미국 초등 교육의 "옳지 못함"도 절실히 느꼈다고 말했다.

이렇게 은아의 미국 생활은 사회적 소수자에게 가해지는 부자유와 인위적인 열등감에 대한 문제 의식들로 채워져 있었다. 귀국한 은아는 경남 산청에 있는 간디학교 2기생으로 입학한다. 그곳에서 은아는 한국의 문화를 열렬히 체험 학습하는 맹렬 학생이 되었고, 중학교 1학년 영어를 가르치는 학생 신분의 교사이면서 제1세계를 여행하게 되더라도 굳이 시골만 찾아가는 별난 배낭족이었다.

방학 때마다 되풀이된 은아의 배낭 여행은 티베트, 네팔, 중국의 오지는 물론 일본, 호주, 유럽 10개국의 산골 등 "날 주워오려고" 떠났던 마음의 순례였다. 동시에 자국 중심의 오만에 빠진 미국에 머물 때부터 "한 곳에 머물며 정착하지 않겠다"고 마음먹은 오래전의 결심을 행동에 옮기는 작은 실천이기도 했다.

수시 입학이 결정된 은아는 고등학교 3학년 2학기에는 학교를 떠나 시민 단체를 순방했다. 그 짧은 기간에도 무려 일곱 개 단체에서 자원 활동을 했다. '피난처'를 알게 된 것도 이 무렵이다. 그곳에서 처음 이주 노동자를 만나 "나도 당신과 같은 소수자"임을 몸으로 느낀 은아는 작고 가난한 난민 구호 단체 '피난처'를 통해 마음을 낮추고 사람의 참모습과 만나는 열린 세상으로 걸어 들어갔다.

은아는 그렇게 좁은 문을 통해 더 넓은 세계로 나아가는 길목을 찾아낼 줄 아는 사람이었다. 그곳에서 은아가 맡은 간사 활동은 눈코 뜰 새 없이 바쁘게 돌아간다. 이주 노동자 임금 체불과 인권 문제, 국내 거주 국제 난민의 법적 지위 보장, 탈북자 정착과 문화 복지 등. 이 모든 일이 사람과 사귀고 웃고 울면서 이루어지는 것이지 가르치거나 이끌어서 되는 것이 아니라고 은아는 강조한다.

앞으로 자기 인생에 수많은 선택이 기다릴 것이고 더불어 자신도 많은 점에서 변하겠지만 "'피난처' 활동은 끝까지 하게 될 것"이라고 장담하는 은아에게 십 년 뒤 자신의 모습을 어떻게 상상하는지 물어보았다.

"모르죠. 십 년 계획을 세우지만 일기 보면 쓴 대로 된 건 없는 걸요. 그러니까 인생이 짜릿하죠."

그렇게 말하며 함박웃음을 터뜨리는 은아는 대학 휴학생이다. 입학하고서 한 학기 만에 미련 없이 휴학을 했다. "콘크리트 건물 안에서 학점 잘 주는 교수님 찾아 수업 들으러 다니기"로 대학 경험을 요약한 은아에게는 당연한 일일 것이다. 자신이 겪은 세상의 질문과 모순에 대한 해답을 찾기 위해 공부가 더 필요하다고 생각할

은아는 자기만의 독특한 멋을 낼 줄 안다. 은아가 추구하는 멋은 겉
모양 너머 속모양까지 강렬하게 채색되어 있다. 소외된 자들과 함
께 호흡하는 은아의 멋은 세계적인 것이다.

때 복학해서 열심히 다닐 거라고 거침없이 말한다.

미국에서 소수자의 자리를 지켜보며 자랐고, 간디학교의 산 속 자연에서 살았으며, 수시로 세계를 돌아다녔고, 각국의 난민과 함께 생활하는 은아에게 큰 배움(大學)은 어느 한 공간에 고정된 것일 수는 없을 것이다. 물은 한 방울로 샘솟아 실개천으로 모이고 강으로 굽이쳐서 바다로 흐른다. 은아는 최초의 그 한 방울을 잊지 않을 친구다.

자기 주도 학습을 만드는 세 가지 키워드

은아는 엄마를 "개울 같은 존재"라고 표현했다. 귀국해서 진로를 고민하던 자신에게 텔레비전에 방영된 간디학교 다큐멘터리를 녹화해 뒀다가 보여주며 스스로 판단하라고 한 사람이 엄마였다. 그렇게 때를 맞추어 성찰의 거울을 주곤 하던 엄마와 달리, "늘 안방에 세계 지도 큰 것을 걸어놓고 안 다녀본 데가 없으신" 아빠에게는 일하는 스타일을 물려받았다고 했다.

은아는 지금껏 자신이 하는 일을 가족이 반대한 적이 없다고 했다. 가족이라면 무모한 짓을 하더라도 묵묵히 지켜봐 주고 부족한 것을 말없이 보완해 주는 관계라고 여기는 듯했다. 어릴 적부터 가족과 떨어져서 자랐고 지금은 사회 활동에 여념이 없거나 틈나면 혼자 여행하기에 바쁜 은아에게, 가족은 개울처럼 흘러가서 가만히 적

셔주는 조용한 참여자들의 공동체이자 "내적 에너지 충전소"였다.

마흔 살에 애를 낳아볼 생각이라며 웃는 은아도 장차 그런 가족을 만들어갈 것 같았다. 자신의 성장에 키워드가 된 것들을 지도처럼 자세하게 그려달라는 나의 주문에 은아는 가방에서 노트를 꺼내들고 한참을 머뭇거리더니 그림 대신에 간결하게 단어 몇 개를 적어놓았다. ① 소수자, ② 대안 교육, ③ self-development.

글로벌 네트워크 시대에 소수자라는 실존적 정체성과 철학적 명제는 은아의 평생 주제어가 될 모양이다. 대안 교육은 관련 논문과 리서치 그리고 자기 경험을 체계화하기 위한 모교 방문으로 계속 이어지고 있다고 한다. "나도 계속 미국 교육을 받았으면 이라크 전쟁을 지지했을 것"이라는 은아는 교육이 사람을 얼마나 속 깊게 물들일 수 있는가를 힘주어 말했다.

그럼 '자기 주도 학습' 쯤으로 옮길 법한 마지막 항목은 무엇을 의미할까? "여행을 멈출 수가 없다"는 은아의 고백에 풀이가 있지 싶다. "익숙해질 때 멀리 거리 두기"라는 은아의 여행은 삶의 길이 보이기 시작하고 앎의 이유가 들리려면 부단히 자아 경계선을 넘어야 한다는 것을 잘 아는 총명한 젊은이의 좌우명이었다.

은아는 인터뷰를 마치자 기부자가 마련해 준 '피난처'의 새 사무실을 청소하러 가야 한다면서 서둘러 일어났다. 무언가를 잔뜩 담은 은아의 천가방이 경쾌하게 흔들리며 지하철 입구 아래로 빠르게 사라졌다.

자신의 학교를
만들어
운영하는
아이들

다슬
여진
유경

●

정규 고등학교를 다니는 아이에게 왜 학교에 다니냐고 물어보았다. 대학에 가기 위해서란다. 대학이 목표라면 검정 고시를 봐도 되지 않느냐고 했더니 이런다. 부모가 싫어한다고. 그 아이는 많은 아이들이 자기처럼 효도하러 학교에 간다고 말했다. 과장이 아닐 것이다. 적잖은 학생들이 학교에 가는 일을 속으로는 꼭 필요하다고 생각하지 않는다. 원해서 가는 학교가 아닌 것이다.

어느새 학교는 부모에게 걱정을 끼치지 않으려고 다니는 곳이 되어 있다. 또는 교사라는 직업이 유지되도록 적정수의 학생 자리를 채워주러 가는 곳이 학교인지도 모른다. 이 정도로 아이들의 마음이 학교를 떠나 있다. 마음 없이 몸만 가는 학교에서 아이들이 행복할 리 없다. 타율과 인내와 순종으로 일관해야 하는 학교에서 과연 자신의 미래를 위해 어떤 날개를 펼 수 있을까?

나는 이른바 대안 학교 또는 대안적 학습의 길에 들어선 아이들을 만나면서 입시 지옥이니 인성 교육이니 하는 해묵은 말들 대신 단 하나의 분명한 이정표를 얻었다. 스스로 원해서 시작하는 배움과 스스로 선택해서 가는 학교, 내가 원하는 배움이 무엇인지 찾아가는 여정과 내가 만들어 운영하고 싶은 학교가 무엇인지 상상하고 실험해 보는 과정에서 아이는 놀라운 방식으로 성장했다.

이처럼 이 아이들에게 학교는 자기 스스로 만들어 운영하는 것이었다. 그것이 산골의 천막 형태든 현대적 시스템을 갖춰 잘 지은 공간이든 무형으로 길 여기저기를 떠도는 것이든 한마디로 '나의 학교'였다. 언제 어디서든 자발적 동기에 의해 배움이 시작되고 학교로 불려지기 시작하면, 인류가 교육이라는 이름 아래 전수하고자 했던 지식과 경험의 향연이 아이의 마음에서 알아서 꽃피우기 시작한다.

정년 퇴직을 앞둔 어느 노 교수는 말했다. "이 나이 되도록 살아보니 교육이라는 것은 다음 세 가지를 갖추는 거더군. 그럼 인간이 되는 거라네." 노 교수가 꼽아준 세 가지란 이랬다. 자신이 나서 자란 땅의 역사를 아는 것. 눈물을 흘릴 줄 아는 것. 한 몸 밥 벌어먹을 줄 아는 노동의 기술을 갖는 것. 공교육과 대안 교육의 이분법을 넘어 학교란 모름지기 그래야 하지 않을까?

이 아이들에게서 나는 대안 학교의 희망을 보았다고 말하고 싶지는 않다. 그보다는 스스로 배워야 하는 이유를 알게 되고 스스로 학교를 사랑하는 방법을 깨닫게 되는 과정이 무엇인가를 확실하게 느꼈다고 말하고 싶다. 어른들이 할 일은 아이가 저마다 배우기를 원할 때까지 애정을 갖고 기다리는 일일 것이다. 사람은 본능적으로 배움을 즐기는, 그 스스로 학교이기 때문이다.

●

다슬. 모든 생명과 함께 살아가기

　　사람은 사람에게 배운다. 또 사람들 사이에서 자란다. 그러다 보면 사람됨의 과정이 곧 자연됨의 과정이라는 이치를 깨닫는다. 자연을 닮으면 소박하게 살 줄 알고 사고도 간명해진다. 자립과 공존이 무엇인지 알게 된다. 헬렌 니어링의 생애가 그러했고, 작년 3월에 개교한 녹색대학에 최연소 학생으로 입학한 다슬이가 지향하는 삶도 그러하다.

　　폐교와 가건물과 컨테이너를 갖고 있는 녹색대학(www. ngu.or.kr)은 경남 함양군 백전면 산골에 있다. 국내 최초의 비인가 대안 대학교다. 첫 입학생 37명 중에서 가장 나이 어린 다슬이는 워낙에 없는 것과 부족한 것이 많은 녹색대학에서 되레 더 큰 꿈을 키울 수 있다고 말한다. 수능을 포기하고 이곳 입학을 작정하자 반기셨다는 부모도 녹색대학을 사전 답사했을 때에는 허름한 폐교 같은 풍경에 놀라서는 "야, 집에 가자"고 했을 정도였단다.

내가 인터뷰를 했을 당시에 다슬이는 갓 입학한 상태였다. 녹색대학의 신입생은 먼저 의식주 전반에 대해 직접 충당하는 방법부터 공부하게 된다고 했다. 장 담그고 가구 만들고 옷 짓고 그릇을 굽는 것이 학업의 핵심이다. 논밭에서 일하고 강의실부터 잠자리까지 쓸고 닦는 일은 기본이다. 모든 공부가 노동의 그 과정인 셈인데 그 속에서 사상 체질과 오행의 철학을 익힌다고 했다.

"우리끼린 난민촌이라고 불러요." 기숙사 생활을 물어보자 다슬이가 웃으며 들려준 말이다. 서너 명이 함께 머무는 기숙사 건물은 모두 컨테이너란다. 겨울에는 윗풍이 세서 추운데다가 연탄 가스의 위험도 있고 해서 몸은 고되지만, 컨테이너 기숙사에서 학생들은 각자 살아온 이야기와 가족의 역사와 세계에 대해 토론하느라 걸핏하면 밤을 새우곤 했단다.

다슬이의 이야기를 듣다보면 녹색대학은 한마디로 허허벌판에서 건물도 교사도 제대로 완비된 것이 없는 가운데 마음에 품은 뜻만으로 만들어졌다고 해도 과언이 아니다. 대화하는 내내 마치 꿈의 동산에 대해 말하는 것처럼 밝게 웃는 다슬이는 대체 녹색대학의 무엇에 매료된 것일까? "이런 대학을 만들겠다고 생각한 사람들과 여기에 오는 사람들에게 배운다고 생각했어요."

다슬이는 고등학교 1학년 2학기 개학과 거의 동시에 자퇴를 했다. 중·고등학교 시절에는 "눈에 띄는 아이가 아니었다"고 자평

하는 다슬이는 자퇴 이후 부모에게서 대안 학교 입학이나 유학을 권유받았다고 한다. 하지만 다슬이는 "학교 바깥의 무궁무진한 세상에서 배우는 게 너무 많아서" 필요성을 느끼지 않았단다. 뭘 배웠다고 생각해요? 다슬이가 술술 말해 주는 것만 받아 적어도 무려 일곱 가지나 된다.

1. 내가 날 억압하지 않는 인간 관계를 알았다. 2. 학교에선 몰랐을 종류의 사람을 많이 만났다. 3. 실컷 연애를 해보고 서로 동일시하지 않아야 사랑을 잘 할 수 있다고 생각했다. 4. 웹진 기획과 길거리 축제에 참여하면서 자유로운 토론을 경험했다. 5. 책, 만화, 영화, 공연 등을 맘껏 즐기면서 주체적으로 사고하게 되었다. 6. 재즈 댄스를 배워 내 몸을 행복하게 해주었다. 7. 분절된 단어가 아니라 외국 드라마와 팝송을 들으며 영어 공부를 했다.

이만큼 정돈된 사고라면 배운 것이 어디 그뿐일까 싶어진다. 이렇게 중요한 것들을 알려주는 학교가 또 어디에 있을까? 다슬이는 재작년 이즈음 일반 대학에 가볼까 마음을 먹고 수능을 준비하기도 했었단다. 허나 입시 공부를 계속할수록 "이렇게 대학에 가면 그냥 고 4가 되는 거구나" 싶어 그만뒀다. 그러고서야 물어 물어 산골속에 있는 녹색대학을 선택한 것이다.

다슬이는 자신의 미래를 두 갈래로 설명한다. 하나는 "모든 생명이 공정하게 대우받고 조화롭게 사는" 생태와 살림이다. 자아의 세계를 자유롭게 열어주기보다는 한군데로 몰아가기에 바쁜 현 교

다슬이는 자연의 모든 생명들과 공존하려는 삶의 인식을 무
엇보다 중요하게 생각한다. 다슬이가 깡촌을 찾아 들어가
우주와 세계를 학습하며 살아가는 이유다.

육 체제에 대해 강한 비판이 담겨 있었다. 또 하나는 "엄마에서 엄마로 내려오는 이야기"라고 표현해 준 여성의 시각과 감각이다. 초등학교 3학년 때 읽은 오숙희 씨의 책《수다로 풀자》가 시작이란다. 이두 가지가 자신에 대한 확신과 정체성으로 응집되었다고 말하는 다슬이. "에코 페미니즘이라고 불러야 할까요?"

　　대화를 나누는 동안 나는 이 사회 곳곳에 다슬이 같은 학생들이 눈에 띄지 않은 채 얼마나 숨죽이고 있을지, 또 우리 주변에는 다슬이처럼 학생이 찾아가서 이름을 불러줄 소중한 학교가 얼마나 예비되어 있는지 조금 슬픈 생각이 들었다. "내가 그 사람을 만나면 다른 고민을 하게 될 것 같다" 싶으면 배울 게 있다는 뜻이라고 말하는 다슬이를 보면서, 나는 다슬이라는 사람이 바로 학교라는 사실을 또 한 번 깨닫게 되었다. 그런 사람은 모든 사람에게서 배운다.

달보다 가리키는 손가락을 보고 배우다

　　일기를 쓰는 다슬이는 초등학교 4학년과 6학년 때의 담임 교사를 또렷하게 기억하고 있었다. 초등학교 4학년 때 담임은 무기력하고 신경질적인 데가 있었는데, 그분의 일류 대학 강박증 때문에 아이들이 짓눌려 있었단다. 이를테면 "일류 대학 간 애들이 놀기도 잘 논다"는 담임의 말에 다슬이는 그날 일기장에 "미쳤어"라고 써놓았다. "어린애들한테 일류 대학 못 가면 넌 아무것도 아니다, 그런

거잖아요?"

초등학교 6학년 담임은 리더십이 강했다고 한다. 반 아이들
이 똘똘 뭉쳐서 공부도 줄다리기도 폐품 수집도 전부 일등을 했단
다. 가끔 일등을 놓치면 모두 울고 그랬단다. "그땐 잘 따르긴 했지
만 애들을 꽉 잡고 틀 안에서 꼼짝 못하게 했다"면서, 나름대로 잘되
라고 그런 것이겠지만, 아쉬움이 많았다고 다슬이의 일기장에는 기
록되어 있단다. 다슬이는 알고 있는 게다. 학생은 교사의 메시지뿐
아니라 바로 그 교사의 사는 모습을 배우고 성장한다는 것을.

다슬이는 자퇴를 한 뒤에 찾아가 만난 민들레출판사의 김경
옥 선생은 매우 달랐다고 기억한다. "나는 정말 내 삶을 사랑하기 때
문에 이러는 거예요"가 다슬이의 대사이고, "그래 알아"가 김 선생
대사의 전부란다. 같은 곳의 현병호 선생은 이후 녹색대학 설립에도
관여했는데, 다슬이가 입학 상담을 요청하자 "내가 참여해서 만든
학교이긴 하지만 준비된 게 없고 힘들 건데, 너보고 좋다고 가보라
고 말 못하겠다"고 대답했단다.

부모 역시 배움을 열어준 사람들이다. 다슬이 말로는 "치맛
바람도 아니고 대안을 요구하는 것도 아닌" 부모는 "얼핏 보면 노선
없이 나를 풀어놓아 기르는 것 같다"는 것. 무언가를 권유할 때도 힘
줘 제시하기보단 다슬이를 살피다가 슬금슬금 한번 이야기를 해보
는 식이란다. 학교나 세상이 따르는 기준으로 보면 "똑 부러지지도
않고 여우처럼 앞가림하는 것 같지도 않고 딱히 잘하는 것도 없어

보이는 나"를 다슬이답게 크도록 해준 원천이다.

　　손가락으로 달을 가리킬 때 그 사람의 손가락과 표정을 보며 배우는 것이 정작 달을 볼 때보다 더 중요하다는 사실을 다슬이는 잘 알고 있었다. 거듭 느끼지만 사람이 학교라면 모든 아이는 다슬이처럼 제 안에 학교를 갖고 태어나지 싶다.

여진. 사회 곳곳이 전부 학교인 걸요

양귀자의 소설 〈원미동 시인〉에 등장하는 당돌한 꼬마 소녀
는 말했다. "세상 돌아가는 이치를 다 알고 있다." 쭈쭈바를 빨면서
동네 속사정을 훤히 내다보는 소녀처럼 학교를 안 다녀도 세상 관찰
과 체험만으로 앞가림을 하는 아이가 있다. 공연 기획을 할까? 연극
연출을 할까? 사회학과 정치학 중 뭘 공부하지? 항상 탐색을 즐기는
여진이의 이야기다.

물기를 머금은 중저음에 심심하고 느릿하게 발성하는 여진
이의 말하기는 매력적이었다. 수고한 사람을 너른 들녘에 눕히고 명
상으로 안내하고 싶을 때 이 친구의 시 낭송이 있다면 금상첨화지
싶다. "짧은 기간이지만 성실하게 학교 다녔고, 선생님들과 신뢰가
있었기 때문에 편하게 자퇴했다"는 여진이에게서 굴곡을 잘 타고 넘
어온 바람의 경쾌함이 느껴진다.

"집에서 책 읽고 라디오 들으니까 너무 좋다." 고등학교 1학년 딸이 건넨 이 말을 듣고 엄마는 두 번째 자퇴도 허락했다고 한다. 일찍이 "학교가 전부는 아니다"라고 믿은 여진이는 중학교 1학년 때 첫 번째 자퇴를 한 뒤에 명동 청소년 거리 축제에서 두 달간 자원 활동을 했다고 한다. 이어 안티 미스코리아 대회와 서울국제무용축제까지 해마다 축제를 찾아다니며 자원 활동을 한다.

"포스터 붙이고 짐 나르는 자질구레한 일"부터 시작했다는 여진이는 "밥벌이가 힘든 이쪽 직업 종사자들의 생활"을 직접 겪어 보면서 미래의 유망 직종이라고 치장되곤 하는 공연 기획자의 가난한 삶을 미리 살아본 셈이다. 그만큼 공연 기획자를 해보고 싶었는데, 나름대로 한껏 고생을 하고서도 "그래도 해보자"는 마음이 남았다고 한다. 여진이는 그때부터 인터넷을 뒤져 예술 경영에 관한 자료들을 읽었고 혼자 축제 체험기를 작성해 경험을 정리해 두었다. "미래는 모르는 것이니까요."

이상은 중학생 무렵의 일이다. 중학교 1학년 때 자퇴를 했으니 여진이는 꼬박 2년간을 말 그대로 자기 주도 학습을 한 것이다. 축제와 공연 기획의 현장을 찾아다니던 여진이의 관심은 고등학생 나이가 되자 연극으로 옮겨갔다. 초대권을 주는 사이트마다 몽땅 응모했고 한 해 동안에 공짜 관람한 것만 스무 편이 넘는다. 작년까지도 아트센터(http://artcenter.co.kr) 명예기자로 월 두 편씩 공연평을 올렸다.

여진이가 쓴 리뷰 기사를 대충 훑어보니 종횡무진이다. 〈버자이노 모놀로그〉 같은 여성 문제작부터 〈원더풀 초밥〉 같은 만화적 소재를 재미있게 다룬 작품을 지나 〈마르세 마르소〉(마임)와 〈시카고〉(뮤지컬)와 현대 무용에 이르기까지. 게다가 여진이는 청소년 극회 '로가로세' 23기 멤버로 참여해서 공연의 음향 스태프로서의 경험도 쌓아보았다.

오지랖 넓은 여진이의 문화적 관심사는 해외 교류로도 뻗쳐 있다. 열 두 살과 열 여섯 살 때 가족과 함께 미국 서부를 여행한 경험부터, 재작년엔 일본의 지방 소도시를 찾아가 자신과 같은 탈학교 청소년들을 만났고, 작년에는 (주)엔시소프트의 '글로벌 네트워크 프로젝트'에 응모해 친구 두 명과 동행해 열흘간 태국 문화 탐사를 다녀왔다.

주최측에 제출한 여진이의 보고서를 보면 "태국에 살면서도 미국 교육을 받고 태국의 상층 문화밖에 모르는 현지 한국 학생들"에 대한 비판적 통찰과, "캘리포니아와 방콕과 인천 북성동의 차이나타운"을 비교하며 "다른 것들이 어우러지는 삶의 문화"를 고찰하고 있다. 십대 인류학자 여진이의 세계관과 감수성이 잘 드러나는 대목이다. "나의 작은 소비가 누군가에겐 생존의 문제"라는 여진이의 정치적 각성도 그렇듯 세상을 대하는 '평등의 눈'에서 비롯된 것이지 싶다.

여진이는 "세상의 최고가 아니라 내가 잘사는 방법을 찾는 것"이 중요하다며, "각자 자기 식대로 잘사는 것"이 좋은 사회라고 생각한다고 했다. 아울러 잘산다는 것이 뭐냐는 질문에, "뭘 하나 붙잡고 있으면 불안하지는 않지만, 그럼 변화가 없으니까 흐름을 만들어가기로 했다"며 이렇게 자신의 선택이 늘 열려 있을 때 잘살 수 있는 것 아니냐고 했다.

나는 2003년 6월에 여진이를 인터뷰했다. 그로부터 한 달 뒤에 여진이는 가족과 함께 하와이로 이민을 갔다. 지금쯤 현지에서 학교를 다니고 있을 여진이는 아마도 아름다운 섬에서 빼어난 자연 풍광을 즐기고만 있지는 않을 것 같은 생각이 든다. 원주민의 아픈 역사에 귀기울이고 있을까? 그 작은 섬에서 세계 곳곳의 신음과 소통하는 여진이를 상상하는 일은 왠지 어렵지 않다.

여진이는 세상 이치를 알고 있는 소녀다. 서정주가 〈자화상〉에서 고백했듯 여진이의 팔 할도 세상 바람이 키운 것이 분명하다. 어쩌면 여진 스스로가 바람이 되어 돌아올지도 모르겠다.

엄마는 학교 가고 딸은 집에서 청소하고

여진이가 열 네 살 때 엄마는 이혼을 했다. 고등학교 영어 교사였던 엄마는 언어교육학을 가르치는 미국인 교수와 재혼을 했다. "처음엔 안 받아들였다"는 여진이는 "엄마가 엄마의 길을 찾아가는 모습을 보여주신 점을 제일 감사한다"며 그때를 회상했다. 여진이는

새싹에 살랑이는 봄바람 소리처럼, 낙엽 떨어뜨리는 가을바람 소리처럼 여진이는 바람
처럼 자유롭게 날아다닌다. 여진이는 그렇게 세계 곳곳에 바람 소리를 들려줄 것이다.

"자신의 자생력과 비판적 사고력을 길러준" 엄마의 교육이 "지금의 나"를 있게 했다고 말한다.

모녀를 "친구 같은 사이"라고 설명한 여진이는 한때 엄마는 대학원 다니고 자퇴한 딸은 집에서 빨래·청소하고 지냈다면서 웃는다. "공부 잘하고 와!"가 여진이의 대사고, "학교 갔다올게"는 엄마의 대사였단다. "가난하고 형제 많은 집에서 혼자 삶을 일궈온 여성"이라고 엄마를 평가한 여진이는 "강하고 활달한 엄마"를 닮았는지 고즈넉한 이미지와 반대로 적극적인 행동파다.

엄마의 새로운 동반자가 된, "미국에서 반전·반핵 운동을 했던 그분"을 여진이는 아빠라고 부르지 않는다. 영어식 호칭 'You'라고 말하는 것이 더 편하단다. 여진이는 "엄마의 지극 정성 파트너로도 백 점"이고 "내 삶을 이해하는 후원자로도 백 점"이라면서 "엄마 딸이 아니라 여진이를 좋아하는 그분 태도"가 마음에 든다고 했다. 자신도 "아빠라는 자리가 아니라 그분이 좋은 것"이라고 명쾌하게 설명한다.

여진이의 주체적인 자세와 능동적인 관계 맺기는 태국 탐사를 위한 사전 준비에서도 잘 드러난다. 여진이는 메신저 프로필에서 '방콕'과 '십대'를 검색해서 명단을 찾아낸 뒤 스무 명에게 메일을 보냈다. 답변이 온 사람 중 귀향한 인도인과 바쁜 중국인을 빼고 지Jee라는 태국인 또래를 골라내 친구를 삼고 서울 – 방콕 네트워크를 만드는 식이다.

"탈학교 청소년, XX염색체, 집요함, 민들레출판사, 연극·뮤지컬·축제, 독립군, 잡지《IF》, 예측불가, 폴라로이드…… 어떤 걸로 표현할 수 있을까? 보이는 것이 전부가 아니거든." 나는 여진이가 쓴 프로필을 보며 여전히 바람의 자취를 뒤적이는 기분이다. 고향도 이방도 없이 넘나들고 엉키고 어루만지며 만물의 존재감을 불러일으키는 그 바람이 우주를 한바퀴 돌아 다시금 이 땅에 불어올 그날이 기다려진다.

유경. 우리의 학교를 살려야 합니다

　　인터뷰를 마칠 무렵 유경이는 졸업 앨범을 꺼내 보여주었다. 한빛고등학교 제2회 졸업 2002년. 전교생 250여 명에 교사 40여 명이 있는 전남 담양군 소재의 교육부 인가 대안 고등학교. 87명의 2기 졸업생 명단에 유경이의 이름이 있었다. 지금은 대학을 휴학한 채 자기 길 찾기와 모교 살리기가 일이 된 유경이에게 졸업 앨범은 결코 과거의 추억이 아닌 것 같았다.

　　인터뷰를 할 당시 유경이는 모교 축제인 한빛예술제에 참가하고 밤늦게 광주에서 올라온지라 두 눈이 엷게 충혈되어 있었다. "1학년 후배들을 봤는데 얼마나 예쁘던지요"라며 눈빛을 반짝이는 유경이와 "이젠 로또 당첨밖에 희망이 없어요"라고 한숨 쉬는 유경이가 동일인이라니 씁쓸했다. "나에겐 신앙이나 다름없다"는 한빛고등학교 생활은 유경이에게 여전히 현재 진행형이었다.

전국에서 온 학생들이 다양한 방언을 쓰며 소통하는 멀티 컬처 환경, 전교생이 기숙하며 빨래부터 수업까지 대소사를 함께 해결하는 생활 공동체, 제주 4 · 3 항쟁부터 4 · 19와 5 · 18과 6월 민주 항쟁 등을 기념일과 커리큘럼과 테마 여행으로 체험하는 당대 역사의 학습장, 학생과 교사와 식당 아줌마까지 1인 1표로 학교 현안을 결정하는 민주주의 전당. 유경이가 전해 준 한빛고등학교다.

1998년 개교 이래 한빛고등학교는 폐교를 신청한 재단측과 공동대책위로 모인 재학생, 교사, 학부모, 졸업생 사이의 오랜 대립으로 큰 몸살을 앓고 있다. 교사들의 단식과 교육청 앞 시위와 학생들의 등교 거부로 점철된 한빛고등학교 사태는, 유경이에 따르면 "사립학교법이라는 악법을 근거로 자본적인 마인드의 교육을 강요하는 재단에 맞서 대안적 인간 교육을 추구하는 한빛고 모든 사람들"의 싸움이다.

"윗 기수 선배들이 많이 휴학하고 학교 살리기에 나섰다"면서 유경이 자신은 "외국어와 문화와 여행"에 걸친 자원 봉사 활동을 겸하면서 틈틈이 공대위 활동에 참여했다고 했다. "열 일곱 살 때 난 정말 행복했다고 말할 수 있는 학교를 가져본 사람이 지금 몇 명이나 되겠느냐"고 반문하는 유경이에게, 한빛고등학교 살리기는 모교의 차원을 넘어 한국 공교육의 구조적 문제로 확대되어 있었다.

중학교 2학년 때 자신이 왕따를 당해 보았고 중학교 3학년 땐 왕따를 한 아이들이 다른 반에서 왕따당하는 것을 보면서, "이건 그 아이나 나의 잘못이 아니라 교육 시스템의 문제"라고 생각했다는 유경이는 아빠가 권해 준 한빛고등학교에 진학했고 다른 세계를 알게 됐다. "십대 때 존경하는 선생님을 만나는 것"과 "나와 생각이 다른 친구들과 공존하는 것"이야말로 학교가 제공해야 할 핵심 교육이라는 유경이의 신념은 순전히 한빛고등학교를 다녔기 때문에 생긴 것이라고 했다.

"생태주의 배우면서 샴푸 쓰고, 남녀 평등 말하면서 마초같이 행동하는 남학생들이 있고, 학생끼리 더러 폭력 문제도 생기지만" 유경이의 한빛고등학교는 "세상을 살아가는 지혜와 관계를 만들 줄 아는 태도"의 마르지 않는 원천이다. 그 학교가 병들어 숨을 헐떡이며 죽어가고 있는데 돈과 권력을 가진 재단의 무소불위와 교육청 앞에서 피켓을 든 채 한없이 무기력했던 자신을 확인할 때마다 결국은 이렇게 끝나는가 하는 허망한 마음에 로또를 떠올리고 쓴웃음을 짓는다고 했다.

재단측이 정한 교가는 "하나님 사랑"을 제일로 삼는 교훈과 함께 "여호와의 말씀처럼 창창하라"는 기독교적 이상향을 가르치지만, 아이들과 교사들이 진짜 교가처럼 수시로 합창하는 노래는 "우리 모두 절망에 굴하지 않고 시련 속에 자신을 깨우쳐가며…… 바위처럼 살자꾸나"라는 〈바위처럼〉이다. 사회 분위기나 교육부 발표만 보면 대안 교육을 수용하는 듯 보이지만 구체적인 정책과 시스템에선 정반대의 현실로 치닫는 상황에서 한빛고등학교 사람들은 〈바위처럼〉을 7년째 불러온 셈이다.

한빛고등학교 제2회 졸업 앨범 첫 페이지에는 졸업생과 교사들이 뒤엉킨 채 함박웃음을 터뜨리며 다같이 손을 흔드는 사진이 실려 있다. 언뜻 누가 교사이고 누가 학생인지 구별되지 않는 사진의 매력 때문에 나는 졸업 앨범을 빌려왔다. 초등학교 폐교 건물을 빌려 문을 연 한빛고등학교에서 "마치 사회로 파견 나온 것 같다"는 졸업생 유경이는 언제까지 눈물의 〈바위처럼〉을 부르게 될지, 로또 말고는 정말 희망은 없는 것인지, 나는 같은 사진을 보고 또 보면서 되묻고 있었다.

졸업 앨범을 보면 한빛고등학교 제2회 졸업생은 창조반, 진리반, 정의반, 평화반 등 모두 4개반으로 구성되어 있다. 그중에서 유경이는 창조반 학생이다. 담임 안광제 교사와 창조반의 스물 한 명 학생은 지금도 어디에서 무엇을 하든 마음속으로는 한결같이 한빛고등학교를 정상화하는, 애초의 설립 취지대로 아이들 한 명 한 명이 살아 숨쉬는 학교를 꿈꾸고 있을 것이다.

오랜 친구 같은 아버지와 어머니의 사랑

유경이는 중학교 시절 왕따를 겪으면서도 일절 내색을 하지 않았다고 한다. 속으로는 도망치고 싶은 마음이 간절했지만 집에 오면 아무 말도 하지 않았다. 그러나 유경이의 속내를 느낀 아버지는

유경이는 모교 이야기를 하면서 가까스로 눈물을 참았다. 참으로 즐거웠고 사랑했고 소중했던 학교이기에 유경이는 후배들이 그 학교를 잃지 않기를 진정 바라고 있었다.

어느 날 한빛고등학교를 알아보고 와서는 "고등학교는 여길 가면 재미있게 놀 수 있겠는걸. 가볼래?" 하고 먼저 길을 터주었단다.

그렇듯 아버지는 늘 유경이의 곁에서 마음을 읽어주는 사람이었다. 유경이가 세 살 때부터 아버지는 딸을 데리고 산을 오르기 시작했고, 초등학교 6학년 무렵엔 산 정상에 올라 아버지와 딸이 함께 술도 한 잔 나눠 마시는 사이가 되었단다. 아버지는 가부장다운 권위라고는 전혀 내세우지 않은 채 늘 유경이의 의견을 묻고 어깨동무를 하는 오랜 친구였다.

어머니 또한 유경이가 원하는 배움이라면 그것이 무엇이든 지지하시는 분이었단다. 특히 "집이 완전히 망해서 아빠가 야반 도주를 하고 엄마와 내가 아빠 식사를 챙겨드리러 다니고" 하던 시절에도 어머니는 식당 주방일을 해서 버는 매달 70만 원 중 30만 원은 유경이의 학원비로 지출을 했단다. 게다가 유경이의 지갑에는 "늘 5만 원씩 있었다"는데 언제든 읽고 싶은 책이 있으면 사보라는 어머니의 배려였다고 한다.

지금도 부모는 집안 살림을 회복하느라 십 년째 외가 살이를 하면서 힘들게 돈을 벌고 계시지만, 유경이 앞에서는 항상 일관된 태도로 "너 하고 싶은 것을 하면서 살아라"는 이야기를 들려주신다. 유경이는 그 어렵던 시절에도 자신은 피아노를 배웠다면서 지금도 부모를 생각하면 그 사랑을 어떻게 다 갚아야 할지 모르겠다며 눈시울을 붉혔다.

이런 유경이에게 한빛고등학교의 의미는 남다를 수밖에 없다. 유경이의 모교는 부모의 헌신적인 사랑으로 안내받은 행복의 터전이자 언제든 자신을 돌아볼 수 있게 하는 고향인 셈이다. 한빛고등학교에서 만난 너무나 존경하는 선생님들 역시 늘 감사한 분들로서 유경이가 자신의 인생과 행복을 지켜나가야 할 이유가 되어주는 버팀목이다.

개혁을 꿈꾸며
정치를 시작한
아이들

언 동
우 태
철 영

●

가끔은 생뚱맞게 정치라는 게 뭘까 생각에 잠겨보지만 결과는 늘 허우적대며 끝난다. 뒷맛이 찜찜할 수밖에 없다. 모든 미디어가 정치라는 말을 통해 국회와 청와대와 재벌과 관료 집단의 좁아터진 권력 암투만을 집중 조명하다 보니 빚어진 아이러니다. 덩달아 서민들의 대폿집 한담도 썩어빠진 정치에 대한 상투적인 비난과 자조의 수준을 반복하게 된다. 몇십 년째 우리는 그러고 산다.

물론 가끔은 "이런 것이 바로 정치로구나" 싶게 구체적 실체감을 주는 청량제를 만나기도 한다. 시민 단체의 젊은 간사들이 성실과 신념으로 보여주는 참신한 캠페인을 볼 때나 어느 시인의 말대로 노회한 정객이라도 물러갈 때를 알고 풋풋이 떠나갈 때가 그렇다. 그러나 "아하, 나도 정치를 하고 있었던 거네" 하며 나 스스로를 긍정하게 만드는 잔잔한 감동은 정작 다른 데서 밀려올 때가 훨씬 더 많다.

위안부 할머니들의 수요 집회 대오 뒷줄에라도 서서 무심코 지나치는 행인들과 시선을 교환할 때, 전쟁 반대 시위 도중 아기를 업은 젊은 아빠와 눈이 마주쳐 잠시 웃음을 나눌 때, 국회의사당 앞에서 땡볕을 맞으며 일인 시위를 하던 아주머니가 유치원 통학 버스를 향해 손을 흔들어줄 때 그러하다. 그리고 정치와는 너무나 멀리 유배되어 살아가던 십대 아이들이 자신들의 정치를 말하며 행동하는 순간들에도.

내가 만난 아이들은 정치를 저 산너머의 구경거리처럼 바라보지 않는다. 차 타고 저 멀리 유원지에 나가야 맛볼 수 있는 특별해진 정치를 아예 모르고 자란 듯싶어 차라리 기특했다. 살면서 느낀 의문에 문제를 제기하는 것이 정치학 입문이고, 느낀 만큼 자신의 일상에 변화를 주는 것이 정치학 공부이며, 그렇게 살아온 시간을 돌아보며 성찰하는 것이 정치학 지침이라는 사실을 이 아이들은 자연스럽게 터득하고 있었다.

나는 요즘도 텔레비전 토론에서 선거권 연령을 놓고 갑론을박하는 광경을 빼놓지 않고 지켜본다. 번번이 화가 끓어오르다가도 어느새 풀이 죽고 다음에는 고개를 끄덕이게 된다. 피할 수 없는 관문이며 꾹꾹 밟고 지나가야 할 코스라는 생각이 들어서다. 동시에 아이들과 교류하고 상호 학습해야 할 정치란 어른들의 토론장이 아니라 다른 곳에서 다른 타이머로 작동되며 싹터야 한다는 것을 깨닫는다.

나의 이런 생각은 이 아이들을 만나고 나서 부쩍 키를 더하게 된다. 아이들은 이미 팬클럽으로, 길거리 농구로, 청소년 벤처 창업으로, 인터넷 커뮤니티로 정치를 시작한 지 오래다. 시각을 바꾸니 자기들의 힘으로 공간을 만들고 발언을 하고 요구를 하며 타협을 찾는 그 모든 모습들이 바로 정치라는 자각을 하게 된다. 아이들의 정치는 그렇게 어른들의 정치를 낙후시키고 있다.

●

동언. 인간적인 사회 시스템을 향해

       거액의 로열티를 바라보며 첨단 기술을 개발하는 지식인은 비교적 체제 순응적인 반면, 인문학적 가치를 선호하는 지식인은 사회 비판적이라는 속설이 있다. 낡은 구분법이지만 과히 틀린 잣대만도 아닌 것이 지난 역사의 경험이요 기록이다. 이윤을 최고로 여기는 요즘의 젊은 세대가 대체로 전자에 기울어 있다는 관찰까지 포함해서 말이다. 이 점에서 동언이의 사례는 예외가 될지 아니면 이분법적 대립을 통합하는 새로운 모델이 될지 궁금하다.

       동언이는 프로그래머인 이모의 영향으로 유치원 시절부터 컴퓨터를 가지고 놀았다고 한다. 초등학교 3학년 때에는 PC 통신에 빠져 살았고, 관련 도서와 잡지를 탐독하다가 초등학교 6학년이 되어서는 비행 시뮬레이션에 재미를 붙여 동호회에 가입하게 된다. 이후 동언이는 매사에 시스템 개발과 운영이라는 잣대부터 들이대고

따져보는 기질이 생겼다고 한다.

유소년기의 체험이 한 사람의 원형을 만드는 일이라면, 동언이의 경우는 이모 외에 부모가 뿌려두었던 씨앗들도 함께 음미해야 옳지 싶다. 은행에 근무하는 아버지로 인해 동언이는 일찍부터 경제 이야기와 관련 서적을 접하면서 자랐다. 또한 어린이집 교사를 하면서 저소득층 자녀들의 방과 후 교육에 자원 봉사를 했던 어머니 덕에 막연하긴 했으나 사회 문제라는 것이 있다는 정도는 눈을 떴다고 동언이는 기억한다.

이렇게 가족이 펼쳐준 컴퓨터와 독서와 사회 문제라는 풍부한 토양에서 뛰어놀던 동언이는 중·고등학교에 진학하면서 활동의 윤곽을 뚜렷하게 그리기 시작한다. 그중 하나는 세계 여행이고, 또하나는 자퇴를 하면서 접하기 시작한 다양한 사회 활동이다. 이 시기에 동언은 혼자 록 음악에 심취해서 나름대로 사회과학 학습에 정진하는데 이 대목은 다시 이야기하자.

동언이가 최초로 계획했던 해외 여행은 라스베가스의 컴텍스 견학이었단다. 자식의 관심사에 공감하던 부모도 동행하기로 일찌감치 약속을 했던 차였다. 하지만 사정이 여의치 못해서 부모는 유럽 패키지 관광으로 대신하자고 제안한다. 이에 동언이는 차라리 자기 혼자 배낭 여행을 가겠다고 고집했고, 부모는 반신반의하며 허락을 했단다. 당시 동언이는 열 다섯 살. 3주간의 유럽 배낭 여행을 구상한 뒤 무려 석 달 동안 꼼꼼하게 준비를 했다고 한다.

여행사를 방문하고 서적을 읽고 여행 지도를 그리고 경험자들의 정보를 귀동냥하는 등 동언이의 준비 과정을 보고 부모도 놀랐단다. "내가 선택해서 내가 알아보고 혼자 가는 게 좋았다"는 동언이는 수능을 마친 열 일곱 살 때 다시 한 달간 영국을 누볐다. 소도시와 벽지의 박물관들만 찾아다니는 여행이었다. 첫 유럽 방문 때 그네들의 앞선 과학 문명과 첨단 산업에 놀랐다는 동언이는 세 번째 여행으로 쿠바와 남미를 생각하고 있다. 이유인즉 체 게바라 때문이라니, 그새 무슨 소용돌이가 있었던 걸까?

변화는 열 여섯 살 고등학교 1학년 무렵에 찾아왔다. 고등학교에 입학하고서 정확히 한 달 뒤에 자퇴한 동언이는 실로 많은 경험을 한다. 두발 제한 철폐 운동 사이트를 기획·홍보하고, 방치된 패닉 홈페이지의 도메인 소유주를 찾아서 양도받은 뒤 새로 제작·운영했으며, 자신의 홈페이지(8con.net)를 개설해서 40여 명의 친구에게 서버를 무료 개방하는 등 본격적인 사회 참여가 시작되었다.

어느새 동언이는 정치적 참여를 중요하게 여기는 해커가 되어 있었고, 지적 재산을 공공적으로 나눠 쓰는 카피 레프트 운동을 실천하고 있었다. 또한 이 시기의 동언이는 리눅스 업체에 최연소 시스템 개발자로 취직해서 열심히 직장 생활을 하고 있었다. 자립의 욕구도 있었지만 개인적으로 심취했던 리눅스를 통해 마이크로소프트에 대항해서 공동체적 시스템을 실행에 옮겨보겠다는 야심도 작용했다.

social oder for people

컴퓨터 프로그래머이자 공학도인 동언은 눈물을 흘릴 줄
알고, 따듯한 손 내밀 줄 알고, 불의를 보고 화를 낼 줄 아
는 사람이 되어 인간적인 사회를 설계하는 것이 목표다.

잘 나가던 직장 생활을 다섯 달 만에 접은 동언이는 집에서 혼자 입시 공부를 했고 대학 컴퓨터공학부에 들어간다. 물론 대학생이 된 동언이라고 해서 달라질 것은 없었다. 대학 학생회의 회의록이 그때그때 온전히 공개되지 못하는 문제를 지적하며 대안을 제시했으나, 운동권을 비판한다고 이상한 아이로 몰려 왕따를 당하는 동언이, 대학교의 전산 시스템에 들어가 버그를 발견하고 예방책을 건의했다가 되레 욕만 먹고 곤욕을 치르는 동언이가 대학 생활의 자화상이란다.

기대했던 운동권과 대학 사회의 한계를 느낀 동언이는 개혁국민정당과 이문옥 팬클럽 '깨끗한 손'을 거쳐 민주노동당에 입당한다. 시스템의 올바른 운영을 위해서는 사회의 구조적인 부패 추방과 민주적인 의사 소통이 선행되어야 한다는 깨달음이 컸기 때문이다. 경제학을 복수 전공하는 동언이는 장차 독일에서 경제학을 공부하고 돌아와 연구원이나 정책 개발자로서 인간적인 사회 시스템을 만들 생각에 가득 차 있다.

비교적 안정된 가정 환경에서 자랐고 거침없이 꿈을 개척해 가는 동언이에게 삶의 가치가 뭐냐고 묻자 이런 대답이 돌아온다. "어머니는 평등을, 체 게바라는 저항을, 진중권 씨는 합리적인 소통을 나한테 가르쳐주었습니다." 십여 년쯤 지나면 선진 기술과 정치적 실천을 겸한 30대 지식인으로서 그의 모습이 어떻게 다가올지는 지금 동언이의 궤적을 추적해 보면 알 수 있을 것 같다. 동언이는 미래를 위해 현재의 정치적 실천을 유보하지 않는 사람이기 때문이다. 동언이의 오늘은 내일의 시금석이다.

록 음악을 좋아하면 정치적 좌파가 되는 이유

동언이가 자신의 성향을 '정치적 좌파'로 정의하게 된 결정적 계기는 음악이었다. 인터넷을 통해 데스 메틀 류의 음악을 듣고 살다가 중학교 2학년 때 우연히 접한 RATM(레이지 어게인스트 더 머쉰)이 터닝 포인트였다. 당연히 이 미국 밴드의 여느 매니아처럼 그들의 사운드와 메시지에 심취했는데, 대개 또래들은 이미지와 취향만 차용했던 데에 비해서 동언이는 그들이 주장한 한마디 한마디를 구석구석 학습하는 아이였다.

이를테면 RATM 2집 부클릿에는 체 게바라, 노엄 촘스키, 마르크스와 레닌, 말콤 X 등 세계 근대를 주름잡은 좌파 대가들의 목록이 나온다. 우리 음악을 이해하려면 이들을 알아야 한다는 티내기인데, 글쎄 한국의 RATM 매니아 중에서 그 목록에 따라 독서를 한 팬이 몇이나 될지 의문이다. 허나 동언이는 지독한 열혈 제자였다. 그들의 책을 두 권 이상씩은 모두 섭렵했고 지금까지 6년째 사회과학 독서를 이어오고 있으니 참 신통한 일이다.

요즘도 거리에서 종종 체 게바라 티셔츠를 입고 다니는 젊은이를 보지만 물어보면 태반이 그 이름조차 모르고 있다. 이런 현실에서 동언이는 음악을 통해 접한 제3세계 식민지의 해방 운동과 제1세계의 반세계화 운동을 스스로 학습하면서 정치적 신념을 가다듬어온 보기 드문 이력의 소유자이다. "RATM을 몰랐다면 지금의 내 모습이 상상이 안 간다"는 동언이를 보면서 장차 한국 사회의 혁신적인 좌파가 어떻게 출몰할지 상상한다면 좀 성급한 일이 될까?

동언이에 따르면 자기 심장의 왼쪽에 RATM이 60으로 존재하면 오른쪽에는 40의 비중으로 패닉이 버티고 있단다. 청소년기에 느꼈던 내면의 분노를 시원하게 표출하고 그 이유가 무엇인지를 성찰하게 해준 음악이기 때문이다. 내가 보기에는 동언이의 삶이야말로 RATM과 패닉 당사자들도 실행 못해 봤을 순결함과 진실함으로 가득 차 있는 것 같았다.

인터뷰를 하는 동안에도 RATM 모자를 쓰고 있었고 인터뷰 뒤에도 곧장 이어폰을 꽂고 RATM 음악을 들으며 사라지는 동언이. 181센티미터의 큰 키에 59킬로그램의 비쩍 마른 체구는 앞으로 어떤 눈높이와 무게로 이 모순 덩어리 세상을 껴안고 살아갈까? 보면 볼수록 동언이라는 친구는 20세기 초의 혁명적 격동기를 살아보고 다시 태어난 묘령의 인물처럼 느껴진다.

태우. 정치사의 격랑을 타고 자라다

한국 최연소 국회의원은 당시 26세 김영삼 전 대통령이다. 세계 최연소 국회의원은 당시 19세였던 독일 녹색당의 안나 뤼어만이다. 우리 사회의 국회의원 피선거권이 현행 25세보다 대폭 낮아지면 당장 출마해서 이 모든 기록을 갱신하겠노라 벼르는 새파란 아이가 있다. 공주에서 태어났고 지금은 대전에 사는 태우는 청소년 사이트 '우리스쿨' (http://urischool.net) 대표이면서 닉네임 '제엠'으로 통하는 새파란 논객이다.

"출마요? 여건 되면 바로 하죠." 기다렸다는 듯이 대답하는 태우의 정치 수업은 내 짐작을 훨씬 앞질러서 시작되고 있었다. 초등학교 5학년 때부터 웹서핑에 빠진 태우는 중학교 1학년 때 딴지일보를 보았다고 한다. "형식 가볍고 내용 부실하지 않고 적당히 시사적인" 딴지일보를 샅샅이 읽으며 재미를 붙이다가 《인물과 사상》이라는 책이 있다는 사실을 알았단다.

어떤 내용인지 알아본 다음 구미가 당기면 모아둔 돈을 탈탈 털어서 아낌없이 샀다는 태우다. 태우의 기억에는 2001년 3월호를 처음 산 것 같은데, 납득이 안 되는 대목은 이해가 될 때까지 두세 번을 반복해서 읽었다고 한다. 《인물과 사상》을 알고 나니 이번에는 거기에서 '안티조선 우리모두'를 접하게 되는 식이다. 꼬리에 꼬리를 물고 이루어진 '정치 입문기'는 이렇게 태우의 중학교 1학년 시기를 장식했다.

중학교 2학년이 된 태우는 전국적으로 서명 운동이 벌어지고 교육부에서 공문도 내려보냈던 뜨거운 감자, 두발 제한 철폐 문제에 앞장선다. 학생회 지도 교사를 네 시간 동안 설득해서 교장을 만났고 "담판을 지었다"는 태우는 '노컷 약속'을 받아낸다. 중학교 3학년 때엔 전교 성적 30퍼센트 이내로 학생회장 출마 자격을 제한한 교칙에 반발해 청와대와 교육부에 투서를 보냈다. 반향이 제법 커서 바로잡히나 싶었는데, 태우가 학생회장이 되는 것을 마뜩찮게 여긴 학교측의 묵묵부답에 꺾이고 말았단다.

이때부터 태우는 청소년 문제를 깊게 생각했단다. 하지만 부모의 걱정도 있고 눈치도 보이고 해서 고등학교에 진학할 무렵에는 "정말 착하게 조용히 살자"고 속으로 굳게 다짐했다고 한다. "그런데 잘 안 되더라구요." 허허 웃음을 터뜨리기라도 할 듯이 어른스러운 미소를 지으며 말을 잇는 태우에게 이 모든 회상은 마치 먼 과거

태우의 말만 듣고 있으면 전혀 아이 같지 않다. 청소년이 정치를 하면 안 된다는 어른들의 선입견이 얼마나 잘못된 것인지, 태우와 한시간만 대화를 해보라고 권하고 싶다.

의 일처럼 느껴지는 것 같아 잠시 나 혼자 태우의 나이를 다시 셈해 보기도 했었다.

고등학생이 된 태우는 다짐과 달리 '안티조선 우리모두' 일 때문에 서울을 오가며 여러 사람들과 폭넓게 어울리고 있었다. 태우는 이미 노사모 회원과 민주노동당 후원 회원이었으며, 서울 시장 후보로 나섰던 이문옥 씨의 팬클럽 사이트에서 윈앰프 방송을 하고 있었다. 이도 모자라서 때로는 아예 서울에 머물면서 유세에 참여하기도 했다는 태우다. 나와 인터뷰 약속을 정한 장소도 '안티조선 우리모두'의 일일호프가 벌어지던 서울 광화문의 어느 곳이었다.

이런 태우가 학교를 그냥 다녔을 리 없지 않은가. 태우는 고등학교 1학년 여름부터 학교에 가지 않았다고 한다. "사람을 기르는지 사육하는지" 심각한 회의가 들면서 무작정 안 나갔다는 것이다. 집에서는 난리가 났다. 학교도 자퇴를 허용하지 않았다. 그러자 태우는 '나의 자퇴 선언서'를 작성해서 《한겨레》 '왜냐면' 지면과 오마이뉴스에 실었고 사태는 '일괄 타결'이 되었단다.

정치 지망생이라서 그런지 역시 승부수를 던지고 타협책을 찾는 방법을 제대로 알고 있다는 생각이 들었다. 태우의 행동이 일사천리로 여기까지 당도하자 엄마도 당분간은 지켜보겠노라며 한발을 뺐다. 태우는 대신에 "맘에는 안 들지만 대학에는 일찍 가겠다"고 약속을 걸었다. 그럼 태우는 그때부터 열심히 입시 공부를 했어야 하는데 과연 그랬을까?

태우는 작년 12 · 19 대통령 선거일까지 넉 달 동안 하루도 빼놓지 않고 하루 여덟 시간씩 노무현 대통령 후보의 선거 운동에 매달렸다. 주로 대전 지역에서 활동하면서 인터넷 운영과 관리 등의 업무를 맡아보았는데, 유세나 홍보전이 있을 때면 직접 발품을 팔며 거리를 누비기도 했다. 태우는 당시의 대전 노사모 회원들의 단체 사진 한 장을 내게 보여주었다. 유달리 큰 덩치에 까맣게 그을린 피부 때문인지 장정처럼 보였던 태우의 모습이 기억에 남는다.

그렇게 지난 4년간 한국 정치의 현장을 숨가쁘게 달려온 태우는 아직도 새파란 십대 청소년이다. 그새 강준만, 진중권, 홍세화, 유시민 등 당대 논객들을 따라가며 자신의 정치 철학과 식견을 연마해 왔다는 태우의 말 한마디가 한 번 더 나를 놀라게 한다. "정치적 입장이 한순간 바뀌는 것을 보고 무섭기도 했어요. 이제는 좌파적 진보 정치에 무조건 기대를 하지도 않고, 개혁이 우파적 아젠다에 불과하다는 편견도 버렸어요."

태우는 "청소년에 관심을 두고 있는 국회의원은 김홍신 한 명"이라고 단언할 만큼 나름의 기준과 분석이 분명하다. 이런 태우가 단지 나이 때문에 정식 당원이 되지 못하는 현실의 높은 벽을 어떻게 생각할까? 태우는 또래답지 않게 인내의 힘을 키우며 변화를 꿈꾸고 있었다. "미래요? 확신은 없지만 걱정도 안 해요." 엄마와의 약속을 지키고 인문학적 소양을 쌓을 요량으로 이제야 대입 공부에 매달리고 있다는 태우는 "어떤 의미로든 정치를 할 것"이라고 말한다. 정치라는 이 시어빠진 말도 가끔은 이렇게 신선한 느낌으로 다가온다.

논리의 틀은 남성에게서, 삶의 기틀은 여성에게서

태우는 말한다. 논리는 주로 남성 논객들의 책과 글을 통해서 익혔지만, 삶의 기틀은 세 여성에게 기대고 있었다고. 으뜸 여성은 엄마다. 충남 공주에서 새정치국민회의 열성 당원이었던 엄마의 정치 이야기를 들으며 자랐다는 태우는 열 살 무렵에 이미 당보와 선거 홍보물을 읽으며 놀았단다. 그 덕분에 태우는 초등학생 5학년 시절을 "DJ 당선된 97년 대통령 선거"의 해로 표현하고, 중학교 1학년 시기였던 1999년을 "180억 불 상환 외환 위기 극복 선언의 해"로 기억한다.

다음은 중학교 1학년 때 "천리안 원타임 팬클럽에서 만난" 당시 초등학생 6학년 여자 친구다. 모범생이라는 여자 친구는 "자퇴할 때 유일하게 힘이 되어준 친구"이면서 "쓰러지려고 할 때마다 잡아준 든든한 파트너"다. 말수가 적은 자기 때문에 다정다감한 여자 친구가 애로가 많았을 거라면서, "난 대전에 사는데 여자 친구는 광명에 떨어져 사니까 잘 사귀고 있는 것 같아요. 가까이 있었으면 어쩜 오래가지 못했을지도 모르죠"라며 어른 같은 소리를 한다.

마지막 여성은 노사모 창립 회원인 시인 노혜경 씨다. 태우에게 노혜경 씨는 "나의 사상적인 기초"이자 "나에게 가장 많이 충고해 준 사람"이다. 정치 실천과 노선 논쟁에 치열하게 임해 온 태우가 심각한 모순이나 갈등에 빠질 때 정신차리게끔 찬물을 끼얹어주곤 했단다. 이를테면 "정치가 자기 목적 실현을 위해서냐, 사람 잘사는 세상을 위해서냐"와 같은 노혜경 씨의 질문에 마음으로 응답하며 위기의 순간을 넘겨왔다는 것이다.

탈학교 청소년 태우는 자신을 "'우리스쿨' 운영자이자 연락책"이라고 소개한다. '우리스쿨'은 청소년 교육·인권·문화 등을 토론하는 커뮤니티로 태우가 중학교 졸업하고 직접 만들었고 단독 출마해 직선으로 대표에 선출되었다. 회원은 현재 350여 명. 정치적 기반이냐고 물었더니, "자유롭고자 하는 청소년들의 자주적인 만남"이고, "청소년의 힘으로 시민 단체가 될 수 있는지 알아보는 실험의 장"이란다. 낡은 물음에 돌아온 싱싱한 대답이다. 그만큼 '태우의 정치'는 푸르고 곧게 살아있다.

영철. 발로 뛰고 생활로 말하는 정치

대통령 아니면 변호사, 의사, 교사. 또래 애들이 으레 그런 사람이 되겠노라 자랑할 때 영철이는 도서관 사서가 되겠다며 어깨를 으쓱였다고 한다. 초등학생 때에는 이런 일도 있었단다. 더 이상 이용자가 없는 줄 알고 밖에서 문을 잠그는 바람에 도서관에 있던 영철이는 그만 갇혀버렸고 밤새 울면서 책을 읽었던 기억. 어릴 적부터 버스만 타면 거리의 간판 글자들은 죄다 읽은 것 같다고 말하는 영철이는 제주 사람이다.

고향 제주를 떠나 서울에 온 지 이제 겨우 일년여 세월이 지났을 뿐이다. 하지만 영철이는 서울 토박이처럼 곳곳을 잘도 쏘다닌다. 학교 공부도 공부겠지만 가욋일로 벌여놓은 것이 한두 가지가 아닌 모양이다. 나는 영철이를 보자마자 우수한 성적으로 서울에 있는 대학에 진학한 모범생이자 우등생일 것이라고 단정했다. 공부 잘

했지요? 영철이는 공부를 잘했다는 것인지 못했다는 것인지 알쏭달쏭한 표정을 지어보인다.

영철이는 논술 특기자 전형으로 대학에 합격했다. 각종 수상 경력이 큰 힘이 된 것은 사실이지만 서류 심사 때 제출한 전화번호부 두께의 글 모음집이 영철이에게는 그 무엇과도 바꿀 수 없는 각별한 재산이라고 했다. 글 모음집 안에는 중학교 3학년 때 시작한 오마이뉴스 시민 기자의 활동들이 고스란히 담겨 있단다. 그때 작성한 기사 130여 편과 고등학교 1학년 때 겸한 《한국고교신문》 기자로 쓴 30여 편의 기사도 포함되어 있었다고 한다.

참 많이도 썼네 싶다. 뭘 그렇게 쓸 것이 많았을까 싶어 성장사를 캐물어본다. 들어보니 영철이도 중학생 무렵에는 "밥 먹고 잠자고 학교 가는 것 빼면 전부 컴퓨터 게임만 했다"니 또래 남자애들과 그다지 다를 게 없었던 모양이다. 그런 영철이에게 두 가지 전환의 계기가 찾아온다.

그 첫 번째 계기는 청소년 웹진 ch10을 만나 "처음으로 사회적 시각에 눈을 뜨게 된 것"이다. 작은 나라여서 제대로 실감하지 못하기 하지만 섬 제주에서 자란 영철이에게는 육지 곳곳의 또래들과 주요 동향을 논하며 넓은 세계를 갖는 체험이 남달랐다고 한다. 다른 하나는 다니던 속독 학원에서 《한겨레 21》 잡지를 뒤적이다가 오마이뉴스가 창간된다는 단신 보도를 접한 것이다. 학력과 나이 제한이 없다는 설명에 영철이는 덜컥 신청을 했고 중학교 3학년 겨울에 첫 기사를 쓰기에 이른다.

"전문 지식은 없으니까 그냥 내 주변 생활을 다루자"고 결론을 낸 영철이는 일차로 학교 아이들 스물 다섯 명과 인터뷰를 했고 서너 명을 골라내 심층 취재에 들어갔다. 200자 원고지 10매 분량의 첫 기사 〈이럴 때 학교를 탈출하고 싶다〉는 그렇게 세상에 첫선을 보였다. 그 뒤에는 "정말 겁 없이 내가 다뤄볼 수 있는 분야는 다 덤볐다"는 영철이는 한때는 일주일에 일곱 개 기사를 송고할 만큼 "완전히 미쳐 있었다"고 회상한다.

〈난 왜 그 할머니를 지나쳤을까?〉 〈악법은 법일까 아닐까?〉 〈환각제보다 담배가 싸서 피운다?〉 〈누가 뭐래도 일본은 싫다?〉 〈연예인은 공인인가 아닌가?〉 〈대통령의 임기말 레임덕, 학교의 학기말 누수 현상〉 〈교실에 감시 카메라를 설치해야 하나?〉 〈현실의 골리앗에 맞서는 사이버 다윗들〉 〈응원의 참맛을 아는가?〉 〈공부하기 싫은 사람은 자도 돼〉 등의 기사를 쓰면서 직접 취재하고 생각하고 의문을 던지는 과정은 살아있는 자기 주도 학습의 전형이라고 해야 할 것이다. 동시에 사회적 문제가 정치적 실천과 잇닿아 있음을 깨닫는 참여적 자각의 생생한 사례이기도 하다.

부모는 "처음엔 신기하게 보다가 공부 안 한다고 야단을 쳤다"지만 영철이는 이미 아무도 못 말리는 투철한 기자였다. 이를테면 자신의 가치 판단에 따라 한쪽만 취재하고 쓴 기사가 현실을 얼마나 왜곡할 수 있는지를 매섭게 성찰하고, 모교 비판 기사를 쓸 때에는 "표현을 끊임없이 완화하려는 나 자신의 무의식"과 정면으로 싸울 줄 아는 영철이었다.

지난 여름 방학 기간에는 교수님의 '현대 한국 사회의 정치 쟁점'이라는 10년치 수업 자료 수천 쪽을 꼼꼼하게 탐독하면서 책 작업을 도왔단다. "공부하려고 작정하고" 자처한 고된 프로젝트였지만 배우는 게 많아서 좋았다고 한다. 영철이는 또한 《한국고교신문》 후배 두 명과 함께 일본의 시민 신문 《잔잔》을 견학 갈 계획을 세워 두고 있다. "재일 교포의 삶과 십대들도 살펴보고 오려고 해요."

영철이는 지금도 가장 가슴 뿌듯했던 날로 다음 두 장면을 떠올린다. 오마이뉴스에서 기자상을 수상하며 부상으로 구두 티켓과 쌀 한 가마니를 받아 부모님께 드린 순간, 창간 기념식 때 "제주도에서 올라온 고등학생 뉴스 게릴라"로 소개되어 동료 기자들 앞에 섰던 순간. "노골적이고 깊이 있는 지향성을 갖는 청(소)년 언론 매체를 만드는 것"이 꿈이라며, 말이 아니라 발로 하는 정치, 정치판이 아니라 지역과 생활에서 하는 정치를 강조하는 영철이.

"나이 들면 동네에 작은 도서관 카페 차리고 사서 할래요" 하며 너스레를 떠는 영철이는 말끝마다 "저 얼굴이 기자 필feel이죠?"라고 묻는다. 나는 영철이에게 "아니, 사서 필인걸" 하고 말해 줄까 했지만, 그런 필이라면 뭘 한들 어쩌랴 싶어 입을 다물었다. 균형 잡힌 시각과 자기 검열의 문제를 올곧게 직시하는 영철이의 앞날을 두고두고 보고싶다.

머리로 쓰는 글, 가슴으로 쓰는 글, 손으로 쓰는 글이 있다. 영철이의 수많은 취재 기사는 발로 쓰는 글이다. 발에서 시작해 아래서 위로 온몸을 물들이며 올라가는 글이다.

과거를 아는 것이 현재의 나를 만들어간다

영철이에게는 독서에 대한 질문을 하지 않을 수가 없었다. 워낙에 읽고 쓰는 이야기였으니까. 아니나 다를까, 자신의 초·중·고등학교 시절을 대표하는 책을 일목요연하게 설명해 준다. 초등학생 때에 읽은 동화《추억의 거미줄》은 "거미와 돼지가 우정을 나누는 이야기"라면서 "거미가 죽으며 거미 알집을 돼지에게 맡기는 장면에서 엉엉 울었는데 그런 마음을 끝까지 유지하고 싶다"고 대답해 준다.

중학생 때에는《신부님 신부님 우리 신부님》을 통해 "신념의 차이가 사람을 어떻게 바꾸는지 처음 생각하게 됐다"면서 "웃음 뒤에 뼈가 있는 글의 힘"도 알았다고 한다. 고등학생 무렵에는 부모가 책 꾸러미를 건네주며 "이걸 안 읽으면 한국 사람이 아니다"라고 해서 읽은 책들이 많다고 한다.《토지》《태백산맥》《혼불》등 주로 대하 소설류다. "전 민족주의자는 아니에요. 그러나 듣기 싫은 과거를 다 꺼내놓고 이야기할 수 있어야 비로소 우리 정신이 자유로워진다고 생각해요."

영철이는 아버지의 권유로 향토 사학자들의 오름 탐사에 종종 동행하곤 했는데, 어느 날 행선지 근처 마을이었던 4·3 학살 현장을 접하고는 취재를 한 적도 있다고 한다. 그 결과는〈잃어버린 마을을 찾아서〉라는 글이 되어 4·3 추모제의 최우수 수필상으로 돌아왔다. 이렇듯 영철이에게는 과거의 역사를 학습하는 것이 현재의 자신을 알아가는 과정이 된 셈이다.

그 길에는 언제나 가이드를 자처해 준 어른들이 있었다. 잠시나마 질타를 했던 부모는 물론 대학 응시에 추천서를 써준 오마이뉴스 오연호 대표 기자와 《한국고교신문》 김준호 편집장도 그런 어른이다. 영철이는 특히 고등학교 2학년 담임 교사를 남다르게 기억한다. "취재하러 가야 해요. 자습 빼주세요" 이렇게 당돌하게 요구했을 때 흔쾌히 허락해 준 선생님. "그땐 고마운 줄 몰랐지만 절 꺾지 않고 은근하게 도와주신 거죠."

하지만 영철이가 그 누구보다 가장 감사하게 생각하는 어른은 첫 기사가 실렸을 때 답글을 아끼지 않은 오마이뉴스의 이름 모를 독자들이다. "혼자 잘나서 한다고 생각했는데 실은 여러 분들의 도움을 받아 하는 거더군요." 영철이가 성장하는 데에는 참 많은 손길이 있었던 게다. 이것이 바로 어른이 기쁘게 할 짓이구나 싶은 생각이 절로 들었다.

정의로운
기업 문화를
예고하는
아이들

성도
철민

올해 2월이었다. 제3회 한국청소년벤처포럼 강연회에 갔던 나는 적잖게 놀랐다. 그 자리에는 십대 청소년들이 200여 명도 넘게 운집해 있었기 때문이다. 십대 청소년이 아이디어 하나로 벤처 창업을 했다는 기사는 종종 보았지만 그렇게 많은 줄은 미처 몰랐다. 솜털이 보송보송한 아이들은 눈빛을 발하며 조별 토론도 하고 강사의 이야기에 귀를 기울이기도 하면서 하루종일 자리를 지키고 있었다.

한편에서는 대학의 이공계 기피 현상 때문에 말이 많지만 다른 한편에서는 이렇듯 일찍부터 기술과 아이디어로 승부를 걸며 벤처 창업의 모험에 나서는 아이들이 있다. 그 아이들은 학교와 사회 어디에서도 제대로 주목받지 못한 채 그저 가뭄에 콩 나듯 제 안간힘으로 거기까지 와 있었다. 청소년 대상의 경제 교육과 돈벌이 특강은 넘쳐나지만 정작 사업을 하겠다는 아이들을 위한 교육과 지원 시스템은 부족하다.

그런데도 내가 만난 아이들은 두 마리 토끼를 잡는 일에 여념이 없었다. 하나는 어려운 여건에서도 창업을 위한 물꼬를 트고 길을 닦는 일이었고, 또 하나는 어른들의 부패한 기업 문화와는 다른 새로운 기업 정신에 남다른 포부를 키우는 일이었다. 단지 비즈니스에 눈을 빨리 뜨고 돈벌이에 영특한 것이 아니라 기업을 한다는 것과 돈을 번다는 것에 대해 똑바로 사고하고 있었다.

나는 우리 사회에 성도나 철민이처럼 기업 활동에 남다른 재능과 관심을 갖고 성장하는 아이들이 얼마나 더 많은지 모른다. 하지만 성도와 철민이가 경험했듯이 그런 잠재력을 조기에 발굴하고 스스로 도전과 실패를 겪어보며 더 나은 기업인으로 자랄 수 있게 도와주는 환경은 너무 열악하다. 비즈니스 스쿨 이야기가 언론에 등장한 지도 한참이 지났지만 아직도 감감 무소식이다.

창업과 취업이 아니더라도 아르바이트 경험은 이미 다

수의 청소년들에겐 일상이 되어 있다. 사회 곳곳에서 노동을 하고 돈을 벌고 계약을 하고 새로운 비즈니스나 기업 활동의 가능성을 제시하는 아이들이 그 경험을 고스란히 자기 성장과 학습의 장으로 삼을 수 있게 어른들의 인식이 바뀌어야 한다. 어서 빨리 그런 날이 오기를 바랄 뿐이다.

●

성도. 사회를 위하여 개인을 위하여

　　성도는 서울에서 나서 줄곧 한 집에 살았고, 도보로 15분 이
내 거리에서 초 · 중 · 고를 졸업했으며, 지금 다니는 대학도 마찬가
지다. 해외 여행이나 특별한 일이 아니면 외박은 안 하고 귀가는 아
직도 밤 11시를 준수한다. 그런데도 세계를 샅샅이 내다보는 안목과
다방면으로 일을 벌이는 솜씨는 타의 추종을 불허한다.

　　성도가 들려주는 자신의 성장 이야기에는 '세 가지의 성도'
가 있었다. 먼저 IT에 능통한 성도다. 초등학교 4학년 때 통신을 접
하고 5학년이 되어서는 컴퓨터 기술과 부품을 논했단다. 6학년 때에
는 대학생들이 주축인 나우누리 ISF(인터넷 스터디 포럼)에 가입했고,
이듬해엔 한글 웹 디렉토리를 만들었다.

　　혼자 홈페이지를 제작한 때는 중학교 1학년 때다. 정확히 날
짜까지 기억한다. 1996년 5월 24일. 성도는 요즘에도 한 해도 거르

지 않고 그날이 되면 홈페이지에서 "오픈 기념 이벤트"를 열며 자축 행사를 한다. 중학교 2학년 무렵엔 《PC 라인》 같은 컴퓨터 잡지에 기고를 시작해 최근까지도 IT와 시사 현안이 연동된 사안에 대해서 계속 글을 쓰고 있다.

다음은 사회 활동에 열정적인 성도다. 중학교 2학년 여름께 다음 커뮤니케이션의 청소년 웹진 'ch10'에 참여한 성도는 어린 나이라는 핸디캡에도 불구하고 수많은 어른들과 인터뷰를 성사시켰다. 그것도 만나지 않고 인터넷을 통해서만 이루어진 인터뷰다. 성도는 IMF 한파로 회사의 지원이 끊기자 십대 기자들과 함께 "독자 생존"을 택하고 초대 편집장이 된다.

그 뒤에 벌인 일이 만만치 않다. "메인 페이지 태극기 달기 운동"은 많은 포털 사이트에서 따라했고, 《동아일보》 패러디 '보일 아동' 제작"은 격렬한 논쟁 끝에 《동아일보》가 전말을 보도했으며, '두발 제한 반대 운동'은 16만 학생의 서명을 받아내며 전국 고등학교를 뜨겁게 달구었다. 이 또한 대부분의 활동이 온라인을 중심으로 이루어진 경우이다.

마지막으로는 사업가 성도가 있다. 유치원 다닐 때 정주영 자서전(아동용)을 읽고는 "하고 싶은 거 다 하려면 문어발 기업을 해야 한다"고 생각했다며 웃는 성도는 항시 손익 계산이 빨랐단다. 또한 통신, 인터넷, 이동 통신, 잡지, 의류 등 모니터 아르바이트만 전문으로 하면서 2년 동안 월 평균 25만 원 이상의 벌이를 일어서 했다. 당시에 "용돈 달라는 소릴 안 했더니 부모님이 한푼도 안 주더라"면서 "경험으로 얻을 수 있는 이득이 분명하면 돈과 무관하게 뛰어들었다"고 그때를 회상한다.

이 외에도 "엔진 소리만 들어도 차종을 안다"고 할 만큼 자동차 광이 된 사연 등 성도의 이야기는 끝이 없다. "자신을 종합해 달라"는 막연한 주문을 던졌더니, "비즈니스와 힙합은 본능, 한글과 사이버 공간은 운명, 홈페이지나 명함 등에 상징처럼 쓰는 펭귄과 토마토는 전략"이라고 척척 답이 나온다.

힙합을 좋아한다는 뜻은 알겠는데 한글이란 무슨 의미일까? 성도는 현재 대학의 '한글문화연대' 동아리 회장이란다. 초등학교 성적표가 늘 "수수수수수 한문 가"로 일관했던 뼈아픈 상처에 대한 반발로 시작한 것이라며 싱겁게 웃는다. 하지만 성도의 한글 사랑은 한문 권력의 한글 폄하에 대한 균형 잡기로 출발했듯이, 지금은 한글 권력의 통신어 무시를 바로잡는 실천으로 이어지고 있다.

대학은 자기 추천제로 입학했단다. "홈페이지 포트폴리오 1권, 내가 관여된 기사 스크랩 1권, 준비해 둔 사업 구상 1권, 사회 활동과 경제 활동 이력서 1권" 등 두툼한 네 권의 노트를 제출했단다. 심리학 전공인 성도는 APNG(다음 세대를 위한 아시아 지역의 인터넷 리더를 키우는 캠프) 4회 부산 대회의 펀드 레이징 담당자로 활동했고, 학내 '베스트 브랜드 연구회'의 인터넷 부장이자 삼성전자 대학생 아이디어 그룹 멤버이기도 하다. 빈틈없는 자기 관리가 아니라면 가랑이

성도는 언제 봐도 쿨하게 웃고 쿨하게 행동한다. 남에게 강요
하는 법이 없으면서도 정의롭게 살겠다는 신념에는 타협이 없
다. 성도가 차리게 될 기업을 하루빨리 보고 싶다.

찢어질 스케줄이다.

태극기 달기 운동을 하던 무렵엔 "아주 철저하게 민족주의자였다"는 성도는 이제는 "분야마다 일일이 내 지향성을 달리 써야 할 만큼 복합적 정체성"을 갖게 되었다고 그간의 변화를 설명했다. "사업을 할 것"은 분명하고 "큰돈을 벌겠다"는 생각도 확실한데, 가장 명백한 점은 "사회를 위하는 뜻과 개인적 사명감이 충족되어야 한다"는 것이라고 못박는다. 족벌 세습의 기업 풍토가 바뀐다면 장차 10대 그룹 총수의 이름 중에서 성도를 볼지도 모르겠다.

부모의 삶과는 상관없이 살아갈 내 인생

가족에 대해 말해 달라는 주문을 하기가 무섭게 성도는 마치 보도 자료를 꺼내 읽듯 일목요연 일사천리다. "정치적으로 보면 어머니는 권영길이고 아버지는 이회창인 셈이죠. 군 가산점 논쟁으로 보면 큰누나는 '없애자'고, 어머니는 '군대 갔다 왔으면 어쨌든 국가가 보답해야 한다'고, 아버지는 '점수를 좀 낮추자'는 입장입니다."

그럼 성도는? "딱 맞는 정치인은 없지만 권영길에 가깝다고 할 수 있죠." 가산점은? "없어졌잖아요. 나중에 호봉을 올려준다더군요. 그럼 사회 봉사 경력도 호봉에 반영해 줘야 한다고 봅니다." 7대 종손이라는 성도가 가족에 대해 덧붙인다.

"내가 어릴 적엔 아버지가 부엌에도 못 가게 할 정도였어요.

지금은 많이 변해서 아버지가 직접 밥 차려 드시지만요." 이어 성도는 "낳아준 것은 고마운데 부모에게 영향을 받고 싶지는 않다"면서 교수인 아버지와 피아니스트인 어머니 사이에서 "나는 나의 길을 걷겠다"는 인생관을 강하게 피력했다. "용돈도 초등학생 땐 일기를 써야 주고 중학생 땐 독후감을 써야 줬다"면서 그런 인위적인 동기 부여가 아니라 "스스로 원해서 하는 것이 진짜"라고 말한다.

성도의 그런 '자주 자립 노선' 때문일까, 성도의 풍부한 인프라는 학맥 의존도가 현저히 낮은 대신 자신이 찾아가서 관계를 맺은 목적 의식적인 인맥이 대부분이었다. 초등학교 5학년 때 나우누리 통신에서 만든 1983년생 열 세 살들의 모임부터 시작해서 ISF, ch10, APNG 캠프 등등.

성도는 종류도 다양할 뿐 아니라 숫자로도 제법 방대한 그 많은 자발적 인연들을 지금까지 계속 관리하고 있었다. 이렇게 해서 이루어진 자기 경력을 한 권에 묶어낼 정도니 성도의 발품이 얼마나 성실하고 규칙적인지 짐작하기 어렵지 않다.

역시 "꿈도 사명도 전략적으로 실행하라"는 성도의 모토는 그냥 나온 게 아니었다. 성도의 자기 경력서는 앞으로도 계속해서 늘어날 것이다. 그 노트를 펴들고 성도 삶에 깃들였을 미래의 전략들을 보고 싶다.

철민. 기술과 영업이 핵심입니다

표철민. 이 이름을 검색하면 관련 기사가 잔뜩 뜬다. 열 다섯 살에 도메인 등록 대행사 '다드림dadream.com' 설립과 연매출 1억 원 달성. 열 여섯 살에 한국청소년벤처인협의회 설립. 하루 이용자 300만 명의 이지로ez.ro 사업(복잡한 도메인 짧게 줄여주기)의 최고 경영자. 한국 청소년 벤처 창업의 역사를 연 무서운 아이. 언론에 의해 한국의 빌 게이츠에 비유되기도 했다.

철민이는 인터뷰를 시작하면서 "한 말 또 하면 재미없으니" 그 동안 신문에 안 나온 '진짜 이야기' 만 말하기로 약속하고 입을 열었다. 가장 궁금한 점부터 물었다. 철민이의 사업가 기질은 언제부터 발동된 걸까? 십 년 전으로 거슬러 올라간다.

철민이가 벌인 첫 사업은 초등학교 3학년에 "애들이 좋아한 미니카 잡지 표지를 복사해서 한 장 주고 내가 좋아한 학 접기 색종이 열 다섯 장 받는" 물물 교환이었단다. 그렇게 백여 명의 또래 아이들과 거래를 터서 1,500여 장의 학종이를 수집했다고 한다.

초등학교 5학년엔 축구단을 차렸다. 이름하여 '빠세뽀세 축구단'. 구단주 철민이는 "축구 잘한다는 아이들 20여 명을 모아서" 학교 뒷산에 전용 연습장 푯말을 박아놓고 연습을 했다. 물론 다른 학교로 원정 시합을 다녔다.

6학년이 되어서는 "시 잘 쓰는 아이들과 만화 잘 그리는 아이들"과 의기 투합해 잡지사를 차렸다고 한다. 종합지 《키즈월드》와 만화전문지 《카툰키즈》 두 종을 발행했다. 격주간으로 매호 100부를 발행했고 각각 14호까지 냈다고 기억하고 있었다.

중학교 입학 땐 "제발 이상한 일 벌이지 마라"는 부모의 신신 당부에 "저도 제가 좀 이상한 애라고 느꼈다"며 "평범하게 살자" 생각했다는 철민이다. 허나 중학교 1학년 한철만 조용히 지냈다고 했다. 중학교 2학년 땐 여의도 윤중중학교 친구 셋이서 "YCN(윤중 센트럴 네트워크) 비밀 조직"을 만들게 된다. "교내 컴퓨터부를 이겨보려고 몰래 컴퓨터실에 침투하고 별짓 다 하며 해킹을 시도하다 보니" 중학교 3학년이 되었더란다.

그 무렵 "홈페이지 만들고 도메인 동호회에서 글쓰고" 하다가 "도메인 등록비만 받고 공짜로 등록 대행을 해줬는데" 매출과 세금 계산서 때문에 세무서에 갔단다. "개인 사업자 등록증 달라니까 학생은 선례가 없다고 안 줘요. 삼고초려로 받아냈죠." 이때부터

철민이는 어른들이 펼치는 불합리한 사업의 세계를 알고 있
지만 그것을 비판하기보다는 그 시간에 자신의 사업을 제대
로 된 비즈 모델로 다듬는 데 골몰하는 사람이다.

'한국 청소년 벤처 CEO 1호 표철민 스토리'가 알려진다. 벌써 5년여 시간이 흘렀으니 속에 쌓인 말은 또 얼마나 많을까?

"허장성세가 많았어요." 한국 청소년 벤처 창세기를 돌아보며 철민이가 던진 일성이다. "직원 열 명 중 일곱 명이 이사 명함 팠어요. 어른들 흉내 내고 싶었던 청소년 특성이겠죠" 한다. 이어 "꾸준한 고객 관리를 했어야 했는데 당시 중학생한테 너무 큰 비즈니스 모델만 추구한 것"을 문제로 꼽았다. "창업하면 딴 것은 몰라도 최소한 영업만큼은 꼭 해보아야 합니다." 선배 철민이가 후배들에게 해주는 충고다.

한편 청소년벤처협의회는 청소년벤처포럼으로 이름을 바꾸어 두 번 포럼을 열었는데, 철민이는 "오기로 한다"고 표현했다. "기업과 기관에서 청소년 경제 교육을 많이 해요. 근데 미래 시장을 선점하거나 이권 챙기자는 경우도 많지요." 사업하려는 청소년들을 실질적으로 지원하고 청소년 벤처 회사를 순수하게 육성하기 위한 싸움터에서 철민이는 아직도 맨 앞자리를 지키는 야전 사령관이었다.

"수주한 웹사이트 납기일을 못 맞춰 무릎 꿇고 엉엉 울면서 사과해 본 적도 있다"는 철민이는 미래의 고객을 대비한 기술 개발에서 또 한 번 앞서 가고 있다. "4세대 이동 통신 시범 서비스할 때쯤 상용화될 것 같아요." 휴대폰과 휴대폰의 정보 자동 교환 기술은 특허 출원까지 마친 상태. "신기술 없는 사업 오래 못 갑니다." 철민이의 앞날을 궁금해 하지 않을 사람은 별로 없을 것 같다.

나의 베스트 인맥은 이렇게 만들어졌다

언제 가장 '사업을 때려치우고' 싶었을까? 철민이는 사람 사이의 의사 불통을 꼽았다. "수주받아 납기 맞추려는 나하고 창조의 고통에 직면하는 개발자가 부딪칠 때" "후발 창업자들이 우리 회사를 시기심에서 공격할 때" "난 내세울 게 없어서 인터뷰 거절한 건데 기자님들이 '어린 것이 튕긴다'고 볼 때"라며 사례를 들었다. 그럼 어떻게 해요? "제가 먼저 사과하고 화해하죠"

"능력보다 꾸준한 사람이 파트너로 최고"라는 판단이나 "글을 보면 그 사람의 모든 것을 알 수 있다"는 통찰은 그런 절절한 경험에서 피어난 것이리라. 철민이가 소개하는 '나의 인맥 베스트 3' 역시 그렇게 만들어졌다. 순위 없이 말하면, 그중 하나는 여의도고등학교 벤처창업동아리로 현재 4기까지 들어왔다. 직접 만들어서인지 조건 없이 애정이 간단다.

또 하나는 '다드림 패밀리'. 매해 한두 번씩 '패밀리 데이'를 열면 이제껏 같이 일한 직원들까지 모두 쉰 명쯤 모인단다. "그날은 제가 쏘는 날입니다"라는 철민은 "서로 불미스러운 일로 싸우고 나가고 그랬는데 지금은 다 좋게 지낸다"면서 "모두 잘되도록 서로서로 도와야지요" 힘줘 말한다.

끝으로 "도움을 주셨던 어른들"을 이야기했다. 고객, 협력사, 관공서 등 여러 분야에 많은데, "인솔회계법인 손기원 사장님은 청소년 창업을 진짜 이해하고 지지하는 분"이라고 유일하게 실명을 거론한다. 바쁜데도 포럼에 참여해 열정적으로 토론하고 실제적인 사업 노하우를 주는 그런 어른들을 몰랐다면 자신도 매우 어려웠을 것이라며 겸손해 한다.

문득 사업과 학업 이외엔 뭐하고 지낼까 궁금했다. 월드컵 때 전야제를 비롯해 표 없이 경기장마다 쫓아다니기, 당원도 아닌데 당사 앞 집회 참석하기, 국회 앞 파업 집회 있을 때 슬쩍 끼여서 구호 외치기 등 '엉뚱한 행동'을 잘한다. 최근엔 전 GE 코리아 강석진 회장 강연회에 가서 줄 맨 마지막에 서서 사인을 받아왔다고 웃는다. 대표이사가 노는 것치고는 참 새롭다. 철민이만큼 한국의 기업 문화도 새로워지길 꿈꿔 본다.

에필로그 하나 :
이 아이들의 공통점 스무 가지

1 ___ 자원 봉사 활동을 한다

이 아이들은 자원 봉사 활동을 통해 많은 것을 배우고 있었다. 나보다 못한 처지의 사람을 돕는 행위는 자신이 살아보지 못한 인생을 살아보는 경험이고, 그럼으로써 자신의 존재감을 새롭게 인식하는 계기가 된다. 양로원과 고아원 외에도 자원 봉사 활동을 할 수 있는 공간과 테마는 얼마든지 널려 있다. 예진이의 문화재 자원 봉사 활동이나 여진이의 청소년 축제 자원 봉사 활동은 대표적인 사례라고 할 수 있다. 한마디로 자원 봉사 활동을 하면 다양한 사람을 만날 수 있고 그만큼 경험의 세계가 넓어지며 자존감과 자신감의 고양을 느낄 수 있다.

2 ___ 어른 후원자가 있다

이 아이들에게는 부모와 교사를 제외한 어른 후원자가 있었다. 제 나이 또래의 친구들과 어울리는 세계와 또 다르게 어른들의 세계에서 경험하는 많은 일들이 세상을 바라보는 성숙한 눈과 삶의 태도를 길러주었다. 어른 후원자는 대부분 나이와 격식을 따지지 않고 아이들과 눈높이를 같이하며 세상살이의 다양한 노하우를 자연스럽게 전수해 줬다. 그러자면 어른과의 든든한 신뢰 관계가 필수적이며 시간 약속의 준수는 기본이다. 상희처럼 적극적으로 공직에 계신 여러 어른들을 후원자로 만들거나, 상민이와 태우처럼 사회적으로 어머니 역할을 해주는 어른 후원자를 만나기도 한다.

3 ___ 외국인 친구가 있다

이 아이들은 해외 여행의 유무를 떠나서 외국인 친구가 있었다. 대부분 영어로 의사 소통을 해야 하니 의견 전달과 표현력에서 더 많이 생각하게 되고 대인 관계에서도 유연함을 기르게 된다. 또한 어학 공부 차원의 교류가 아니라 사회적 관심사나 구체적인 일을 놓고 우정을 맺는 경우가 많아서 시사나 풍속 등 문화 다원성에 대해서도 눈을 뜨게 된다. 외국인 친구들과 함께 일해야 하는 은아의 경우부터 경수처럼 해외 현지에서 친구를 사귀는 경우까지 방법은 다양하다. 뜻이 맞는 외국인 친구 한 명의 존재는 세계를 바라보는 시야의 폭을 좌우하는 중요한 바탕이 된다.

4 ___ 인터넷 글쓰기를 한다

이 아이들은 한결같이 인터넷을 통해 글을 쓰고 있었다. 이때의 글이란 동호회나 카페 게시판에 글을 올리고 리플을 다는 차원을 넘어서 홈페이지 등을 통해 개인의 성장에 관한 기록을 체계적으로 남겨놓는 경우다. 스스로 작가이자 독자가 되는 인터넷 특유의 글쓰기와 글읽기를 통해서 아이들은 소통을 통한 의견 형성에 익숙하게 된다. 인터넷을 통해서만 인터뷰를 진행했던 성도나 오마이뉴스의 시민 기자로 수많은 인터넷 기사를 작성한 영철이가 대표적이다. 이런 글쓰기는 나중에 개인의 경력과 특성을 설명할 때 훌륭한 프리젠테이션 자료로서 톡톡히 한몫을 한다.

5 ___ 핵심 또래 그룹이 있다

이 아이들은 두세 명이든 많게는 십여 명이든 핵심 또래 그룹을 만들고 있었다. 핵심 또래 그룹이란 오랜 동네 친구 같은 개념이 아니다. 함께 하는 일이 있고 서로 역할 분담을 통해 유기적으로 결합된 소모임이다. 이런 핵심 또래 그룹을 가진 아이는 동료들의 여러 가지 재능을 더불어 사용함으로써 엄청난 시너지를 낼 수 있다는 사실을 알고 있다. 이러한 경험이 다시 또래 핵심 그룹의 결속을 높이면서 한 개인의 역량이 확장되는 새로운 체험을 선사한다. 고은이처럼 일대일 미팅을 통해 핵심 그룹을 만들 수도, 준표처럼 대의를 제시하고 동지를 구할 수도 있다. 방식은 여러 가지다.

6 ___ 스승을 구하러 찾아다닌다

이 아이들은 스승을 기다리지 않고 필요를 느낀 만큼 직접 찾아다니고 있었다. 궁금한 점이 생기면 선행자를 수소문해서 방문하고 인터뷰를 하거나, 전문적인 기술이나 지식이 필요한 경우에는 아예 도제식 '딱가리'로 입문하는 일을 마다하지 않았다. 의외로 많은 전문가들이 이렇게 직접 자신을 찾아와서 배움을 구하는 청소년에게 관대할 뿐 아니라 호의적이다. 요가 스승을 찾아다니며 배움을 구한 희나와 자퇴 이후 여러 교육 기관을 탐사하고 다닌 선혜의 경우는 시사하는 바가 크다. 찾아보면 어디에나 스승이 있고 만나보면 누구나 스승이 되어준다. 절실하게 두드린 만큼 열린다.

7 ___ 사회 운동에 참여한다

이 아이들은 정치 경제 사회 등 다양한 분야와 이슈의 크고 작은 사회 운동에 참여하고 있었다. 당연히 인터넷과 신문 잡지 등을 통해 여러 가지 시사에 관심을 기울이고 있었고 주요 인물들에 대한 인맥 지도도 파악하고 있었다. 이런 활동을 통해 사회 구조나 시스템에 대한 이해력도 높아져 어떤 일이나 상황에서도 전체를 읽어내는 능력에서 앞서게 된다. 태우처럼 학내의 두발 제한 반대 운동부터 대통령 선거 운동까지 전천후인 경우든, 승권이처럼 관심을 가졌던 의문의 살인 사건에서 출발하든 사회 운동의 참여 경험은 사회성 형성의 큰 밑받침이다.

8 ___ 폭넓게 책을 읽는다

이 아이들은 내가 생각했던 것보다 훨씬 폭넓은 독서 성향을 보이고 있었다. 환타지 소설이나 가벼운 에세이를 읽는 것부터 다양한 인문학 서적과 철학서, 나아가 해당 분야의 전문 서적까지 스펙트럼이 다채로웠다. 이 아이들 누구든 어느 한쪽으로 편향된 독서 습관은 거의 보이지 않았다. 나아가 여러 분야에 걸친 독서의 경험을 자신만의 흐름으로 통합할 줄 아는 모습까지 보였다. 생태와 여성주의에 걸친 다슬이의 독서, 우익적 경향의 소설부터 좌익적 사회 과학 서적을 넘나드는 성도의 독서, 심리학과 시집과 전기를 종횡무진하는 이삭이의 독서 등 다양한 면모를 볼 수 있다.

9 ___ 취미 활동이 있다

이 아이들에게는 즐겁게 심취하는 하나 이상의 취미가 있었다. 취미라는 것이 심신의 피로를 풀고 여가를 즐기는 차원부터 여차 싶으면 직업적 관심 이상으로 발전하기도 한다. 어느 경우든 취미를 가진 아이들은 사교적일 뿐 아니라 싫지만 꼭 해야 할 일에서도 최선을 다하는 모습을 보여준다. 태형이는 피리 불고 북 치고 기타를 튕기는 등 소리를 내는 것에 엄청난 취미가 있었는데 이것이 성미산 살리기의 주된 컨셉트가 되었다. 밴드 활동을 통해 방만하기 쉬운 자신의 하루 일과에 중심을 잡고 사는 상봉이의 모습 역시 취미 활동이 갖는 장점을 잘 살리는 사례다.

10 ___ 몰입을 잘한다

이 아이들은 무엇을 하든, 심지어 잠깐의 짬을 내서 무엇을 하더라도 필요하다 싶으면 무서운 집중력을 발휘할 줄 알고 있었다. 몰입하기에 능숙한 이런 모습은 아마도 관심사가 분명하거나 호기심이 강하기 때문일 것이다. 이런 능력을 개발해 놓으면 미지처럼 학보사 기자부터 두 개의 밴드 활동과 전공 학업을 동시에 병행하는 일이 가능해진다. 또한 효인이처럼 시기별로 한 가지에 미쳐서 살더라도 일년 단위로 돌아보면 해야 할 것을 빠뜨리는 법 없이 전부 해결할 수가 있다. 몰입의 힘은 그것이 아무리 사소하고 무가치한 일에서 발휘되더라도 어디에든 전용해서 쓸 수 있는 큰 장점이 된다.

11___ 정보를 구하는 방법을 안다

이 아이들은 자신이 원하는 정보를 수집하고 분류하는 방법을 알고 있었다. 인터넷 검색을 통해서 다양한 자료를 조사하거나 관련자를 직접 방문해서 생생한 정보를 얻는 일은 이 아이들이 벌이는 모든 활동의 출발점이었다. 다슬이는 자퇴 이후에 대안 교육에 관한 이야기를 많이 다뤄온 출판사를 직접 찾아가 여러 사람과 정보를 접했다. 반면 동언이는 자신이 좋아하는 음악 앨범에서 책 리스트를 찾아내고 책을 읽은 다음 거기에서 관련된 또 다른 책을 찾아내는 꼬리에 꼬리를 무는 방법으로 심화된 정보를 캐냈다. 정보를 구하면 일의 절반이 해결된다.

12___ 권리 찾기에 적극적이다

이 아이들은 사소한 일상에서부터 제법 큰 비중의 사안까지 권리 찾기에 적극적이었다. 자신의 권리에 대해 민감한 감성은 의무에 대해서도 동일하게 높은 책임감을 형성시켜 주고 있었다. 유경이가 자신의 모교를 대안 학교답게 살려내는 일에 애정을 갖고 휴학까지 하면서 매달리는 것이나, 태우가 자퇴 의사를 밝혔는데도 끝까지 반대를 하는 학교와 집안을 상대로 일간지에 자퇴 선언서를 공개했던 것은 일견 당돌해 보일 수도 있지만 뚜렷한 주체 의식을 갖게 되는 결정적인 계기가 되었다. 모두가 '예'라고 말할 때 혼자 '아니오'라고 말할 수 있는 사람은 이렇게 만들어진다.

13___ 조직하기를 즐겨 한다

이 아이들은 조직의 규모를 넓히고 지지자들을 끌어들이는 방법을 잘 알고 있을 뿐 아니라 그 과정을 즐기고 있었다. 주로 인터넷을 이용해 여러 커뮤니티에 제안서를 올리거나 관련 단체나 기구에 찾아가 이미 그런 활동을 하고 있는 사람들을 만나면서 규합하는 방식이었다. 민영이는 해외 교류의 다양한 정보력을 바탕으로 박람회를 열어 회원을 조직했고, 철민이는 자신의 벤처 회사 경험을 살려 비슷한 고민을 하는 또래들을 모아 정기적인 포럼을 개최하며 참여의 폭을 확장했다. 한마디로 이런 경험을 통해 영업과 경영의 독자적 노하우를 터득하는 셈이다.

14___ 대안 교육에 관심이 많다

이 아이들은 정규 학교를 다녀도 대안 교육에 관심이 무척 많았다. 아무래도 자신의 성장 과정에서 느낀 교육의 문제가 컸기 때문일 테고, 자기 주도적 학습의 길을 걸어가는 맥락에서도 대안적 배움에 대한 욕구가 있었기 때문일 것 같다. 영철이는 대안 교육 기관이나 모임에 자주 참석해서 열심히 귀동냥을 하고 사진을 찍고 있었고, 은아는 미국 조기 유학의 경험과 간디학교의 경험을 비교하며 장차 대안 교육에 관한 어떤 꿈을 준비하고 있는 듯했다. 평생 학습의 시대를 살아갈 이 아이들이 새롭고 실험적인 대안적 교육에 지대한 관심을 갖고 정보를 모으는 일은 당연해 보인다.

15___ 양성 평등에 익숙하다

이 아이들은 그 어느 세대보다 양성 평등의 감수성을 잘 갖추고 있었다. 의식적 각성을 통해 태도를 바꾼 경우라도 몸에 밴 무의식적 관행을 고치기란 여간해서 쉽지가 않다. 반면 자라면서 이미 남녀의 차별에 대해 고정 관념이 없고 여성성과 남성성을 적절하게 조화시켜 발휘하는 이 아이들에게 균형 잡힌 인간형의 성취는 가까운 미래이자 현실이다. 대인 관계에서도 남녀차를 떠나 훨씬 다양한 가능성을 접하게 된다. 효인이는 여성주의자이지만 남성을 너무나 사랑한다고 했고, 준표는 남성적 권위를 갖고 있으나 언제나 정신이 번쩍 들게 자신을 반성한다.

16___ 아르바이트는 당연하다

이 아이들은 생존을 위해서든 독립을 위해서든 아르바이트를 당연하게 생각하고 있었다. 상민이처럼 가족의 생계를 위해 일찌 감치 아르바이트를 시작한 경우부터 경수처럼 여행 경비는 내 손으로 마련하겠다는 생각에 아르바이트에 뛰어든 경우까지 정기적으로 노동을 한다는 것은 여러 모로 건강한 심신을 만드는 첩경이다. 돈에 대한 가치관도 분명해지고 염치라는 것도 배우게 되는 좋은 경험이다. 아르바이트를 성실하게 해본 아이들일수록 대인 관계에서도 공과 사를 구분할 줄 아는 최소한의 자기 기준을 정립하게 된다. 아르바이트는 아이를 독립적이게 만든다.

17___ 부모와 거리를 둔다

이 아이들은 부모의 애정 정도를 떠나 부모와 일정한 거리를 유지하고 있었다. 간단히 말해서 부모의 삶은 부모대로 나의 삶은 나대로 일궈나간다는 생각이다. 간혹 부모와 자녀의 삶이 뒤엉켜서 동기의 주체가 불분명해질 때 아이는 자발적 욕구가 이끄는 대로 나가볼 엄두를 내지 못하게 된다. 성도는 부모의 규제를 수용하면서도 가치관에서 확실하게 선을 긋고 있었고, 희나는 부모와의 상호 비판과 토론을 거쳐 적절한 관계가 만들어졌고 생각했다. 상봉이는 아예 집을 나와 부모와 평행선을 달리는 경우이지만 웬만큼 시간이 지나면 거리를 둔 채 상보적인 관계를 만들고자 한다.

18___ 어울리기 좋아한다

이 아이들은 언제 어느 자리에서든 여러 사람들과 어울리는 것을 좋아했다. 그 자리가 즉석에서 만들어지거나 모르는 사람과의 합석이어도 마찬가지였다. 원체 사람을 좋아하고 함께 웃고 떠들며 대화 나누는 일을 즐기는 것 같았다. 상희는 항상 파티를 즐기는 체질의 소유자인데 그런 에너지는 고스란히 상희가 하고자 하는 여타 활동에도 밑거름이 되고 있었다. 고은이 또한 한번 알게 되면 스스럼없이 전화를 걸어 만나기를 청하는, 이른바 친구에 살고 친구에 죽는 스타일이다. 이런 아이들이 사람을 볼 줄 알고 주변 사람의 역량을 각각 극대화하는 휴먼 매니저가 될 수 있다.

19___ 위기를 기회로 삼는다

이 아이들은 위기를 자기 성장의 결정적인 기회로 삼을 줄 알고 있었다. 누구에게든 마찬가지겠지만 위기의 순간은 실패가 예고되는 불행의 시작이 아니라 내가 몰랐던 나의 잠재력을 발견하며 도약하는 흔치 않은 터닝 포인트이다. 상민이는 집에 쌀이 없을 때 동네 주유소에 가서 아르바이트를 시작했다. 효인이는 그토록 원하던 PD 입사 시험에 떨어지고서도 또 다른 기회가 올 것이라며 덤덤하게 이후를 준비하고 있었다. 위기에 지배받지 않고 위기를 파도타듯이 즐기게 되면 그런 경지에 이를 수 있다. 결코 어려운 일이 아니다. 한번 경험하고 나면 언제나 그렇게 할 수 있다.

20___ 항상 웃으며 산다

이 아이들은 언제나 웃으며 살고 있었다. 인터뷰를 하는 동안에만 그랬는지 모르지만 주변 사람들의 이야기를 들어봐도 대부분 항상 웃는다고 했다. 웃음은 전염된다. 마주보는 사람에게 좋은 기운을 끼쳐서 나와 함께 맺어지는 모든 일에 긍정적인 결과를 초래한다. 예진이는 웃음에 관한 한 달인의 위치에 있다고 할 수 있을 만큼 화사한 웃음의 소유자이고, 선혜는 슬픈 과거의 이야기를 꺼낼 때마다 살짝 미소를 지어 따뜻한 공감의 분위기를 마련해 줄 줄 알았다. 누굴 만나든 항상 웃을 수 있다는 것은 그 사람의 세상살이에서 그 무엇보다도 가장 값진 자산이 될 것이다.

에필로그 둘 :
이 아이들은 누구인가

     나는 지난 2003년 5월 초부터 12월 말까지 8개월 동안 매주 한 명의 아이를 만났다. 당시 나이로 말하면 열 여덟 살부터 스물 네 살까지 모두 스물 다섯 명의 청소년을 만나 인터뷰를 했다. 1979년 생부터 1985년 생에 걸쳐 있는 아이들이다. 이 아이들은 신세대부터 P세대까지 우리 어른들이 그토록 여러 이름으로 불러마지 않았던 바로 그 당사자이고 주인공들이다.

     하지만 나는 처음부터 이 아이들을 하나의 범주로 묶어서 어떤 이름으로 부르겠다는 생각을 갖고 있지 않았다. 섣부른 세대론은 내가 마주한 한 아이의 이야기를 내 삶으로 초대하지 않는 동안에만 잠깐씩 쓸모가 있는 모호한 밑그림에 불과하기 때문이다. 실제로 내가 만난 아이들은 한결같이 서로 달랐다. 시대와 환경이 부과하는 비슷한 조건에도 불구하고 이 아이들은 한 명 한 명 자기 고유의 이름과 이야기로 내가 준비한 허여멀건한 바탕에 뚜렷한 색깔과 형체를 그려주었다.

나는 이 아이들을 통해서 여러 형태로 드러나고 있는 유목민적 삶의 징후를 느낄 수 있었다. 그 핵심을 내 식대로 정의한다면 "너를 알아야 나를 알 수 있다"라는 체험이 불러오는 삶의 재발견이다. 경계를 넘나든다는 참뜻은 타인들과 끊임없이 관계를 맺으면서, 그 다양한 통역의 장들에 머물면서 "당신으로 인해 나는 어제의 내가 아니다"라는 깨달음을 거듭하는 자아의 길찾기이다.

표현의 시대를 지나 소통의 시대를 사는 이 아이들은 이중적인 의미에서 유목민의 삶을 살아가고 있었다. 여러 개의 관계적 자아를 동시에 또는 번갈아 연출하며 살아가야 하는 시대적 운명을 흔쾌하게 수용하면서 즐겁게 현재를 향유하는 자세로도 그랬고, 20년 안팎의 젊은 생애를 재구성하면서 코앞에 놓인 사회 불안을 헤쳐가야 하는 성장 주기의 시간표로도 그랬다. 나는 감히 이 아이들에게서 유목민 첫 세대의 다양한 적응과 변형의 모델을 보았다고 말할 수 있다.

나이만 생각해 보면 이 아이들은 새파란 젊음을 믿고 야망을 불태울 법도 한데 영웅이나 스타가 될 생각을 전혀 하지 않고 있었다. 불특정 다수의 청중을 원하지도 않았다. 자신들을 한 묶음으로 조직하는 대변자를 원하지도 않았다. 다만 자신의 길을 찾는 과정에서 주변의 작은 세계를 함께 구원하기를 원했다. 항상 선두를 지켜야 했던 근대형 선각자의 유형이 아니라 옆에서 도와주고 뒤에 물러나 있어도 행복을 느끼는 탈근대적 감수성을 갖고 있었다.

또한 이 아이들의 저마다 다른 성장사에는 수많은 어른들의 참여와 지지가 있었다. 본문 곳곳에 걸쳐 드러났듯이 그 어른들은 참 현명했다. 애정을 갖되 거리를 두고 관찰하는 것, 아이가 말을 건네고 다가올 때 하던 일을 멈추고 집중해 주는 것, 결정적인 위기의 순간에 도움을 주는 것이 어른들이 수행한 역할의 전부라고 해도 과언이 아니다. 문제는 대다수의 부모와 교사가 그렇게 하지 못한다는 점이다. 인식의 전환이 있지 않는 한 까마득한 일일지 모른다.

한 가지 특별한 사실은 이 아이들의 출생과 육아에 직접적인 이해 관계가 없는 어른들, 열린 사회에서 관계 맺은 어른들이 아이의 성장에 더욱 큰 역할을 했다는 점이다. 가족은 쉼터를 제공하고 학교는 지식을 제공할 수 있을지 모르지만, 다양한 세계로 나아가 시행착오를 거치면서 만난 낯선 타인들과의 인연이 이 아이들에게는 아주 중요했다. 삶의 현장 곳곳에서 실패와 성공의 드라마를 앞서 경험했던 어른들의 이야기 속으로 미리 들어가 본 아이야말로 가장 행복하게 살고 있다는 깨달음이 내 인터뷰의 결론이다.

책에서는 그 수많은 어른들에 대해 상세하게 이야기를 하지 않았다. 다만 이 아이들의 부모 이야기를 언급한 경우는 있다. 하지만 이 경우조차 내 강조점은 동일하다. 무대에는 등장하지 않으나 객석에서 또는 무대 뒤편에서 일관되고 넉넉하게 후원자의 자리를 지켜주는 어른의 역할이 그것이다. 그런 부모들은 무대 위에서 아이가 펼쳐갈 삶의 연극이 무엇인지, 함께 호흡해야 할 타인들과의 관계가 얼마나 소중하며 무슨 의미를 띠고 있는지를 잘 알고 있었다.

《문화일보》를 통해 주마다 1회씩 연재 기사를 내보낼 때 가장 많이 들었던 독자들의 반문은 하나였다. "이 아이들은 특별한 경우가 아닙니까?" 나는 그때마다 그렇다고 시인을 했다. 아무리 생각해도 이 아이들은 특별했다. 타고나기를 똑똑해서, 있는 집 부모를 잘 만나서, 어떤 분야로든 재능이 뛰어나서 특별하다고 인정한 것이 아니다. 프롤로그에서 말했듯 "지금 여기에서 나는 행복하다"라고 말할 수 있는 아이들이라서 특별한 것이다.

미래에 맛보게 될 명문 대학 진학의 영광을 위해, 안정적으로 고소득을 올릴 수 있는 좋은 직장을 위해, 가문과 배경에서 남다른 배우자의 선택을 위해 ,"지금 이곳에서 향유하고 있는 행복"을 저버리거나 포기하지 않은 아이들이라서 특별하다. 그와 같은 사고의 자유와 몸의 여백을 누릴 수 있었기 때문에, 역으로 그렇게 삶의 패턴을 바꾸지 않으면 안 되었던 위기를 겪었기 때문에 이 아이들은 특별해졌다.

나는 이런 특별함이 우리 사회에서 특별한 소수에게만 특별하게 주어지는 혜택은 아니라고 확신한다. 그것은 아이와 관계를 맺고 있는 우리 사회의 모든 부모와 교사가 생각하기에 달려 있는 일이다. 동일한 자원과 동일한 능력을 가지고서도 발상을 바꾸고 태도를 달리 해서 아이에게 "지금 여기에서 나는 행복하다"는 사실을 느끼고 말할 수 있게 하는 여지와 기회는 어른들이 제공하기에 달려 있다. 그다지 어려운 일이 아니다.

단지 어른들은 모르고 있을 뿐이다. 뒤엉킨 실타래처럼 더욱 꼬여만 가는 교육 제도, 낡아빠진 사회 관념, 쏟아지는 광고들, 치맛바람에 들썩이는 이웃집 사례 등 너무나 많은 유혹과 협박 앞에서 무기력하기 때문이다. 내 아이를 위한 길이 무엇인가를 있는 그대로 간명하게 바라보지 못할 만큼 두 눈에 들보가 씌었기 때문이다.

행여나 내 아이의 미래를 망칠까봐 두렵기 때문에 혹은 내 아이는 지극히 평범하기 때문에 모두들 몰려가는 그 길에 악착같이 달려들어서 내 아이 손을 붙잡고 열심히 뛰고 또 뛸 뿐이다. 그 끝없는 달리기 때문에 부모도 아이도 일찍 지쳐 멍이 드는데도 말이다. 남보다 가장 먼저 골인을 한 아이와 부모마저 끝내는 허망하게 한숨 쉴 수밖에 없는 이치가 자명한데도 말이다.

내가 아는 한 아이들은 누구나 저마다의 특별한 이야기를 가지고 자라난다. 그 이야기를 주의 깊게 하나도 빠짐없이 들어주면서 아이의 숨결과 잠재력과 행복해지는 비법을 거울처럼 투명하게 비추어주는 사람이 있으면 된다. 이것이 부모와 교사가 가장 먼저, 가장 중요하게 해야 할 일이다. 설사 부모와 교사가 그 역할을 하지 못한다고 하더라도 이 사회와 세상에는 아직도 많은 인연들이 기다리고 있다. 아이 스스로 발견하고 해석하면서 사용할 수 있는 수많은 거울들이 있다.

초 · 중 · 고등학교 12년과 대학 2~4년까지 15년이 넘는 긴 시간 동안에 아이의 진을 완전히 빼버리고서는 마음껏 세계를 바라보라고 말하는 허황된 거짓말만큼은 절대로 하지 말자. 바로 그 시간에 아이들은 부모와 교사의 울타리를 넘어서 다양한 거울을 마주보며 성장하기 때문이다. 이 성장의 욕구는 아이들의 본능이다. "지금 여기에서 나는 행복하다"라고 말을 하는 이 아이들은 자신의 본능에 따라 여러 거울을 마주볼 수 있었던 생생한 사례들이었다.

내가 만난 스물 다섯 명의 아이들에 대해서 약간의 소개를 덧붙여야 하겠다. 여러 가지 루트를 통해 아이들을 섭외했는데 다음 두 가지 경우는 미리 제외했다. 하나는 학교 공부를 열심히 해서 체제가 보장하는 우등생과 모범생의 길을 걸어가는 학업형 청소년이다. 다른 하나는 일찌감치 연예 유흥 산업에 뛰어들어 상품의 논리와 스타 시스템을 몸소 터득한 시장형 청소년이다.

나는 그 두 가지 경우가 아니면서도 자신의 현재 삶에서 자각하는 화두가 분명하고, 관심을 갖고 참여하는 적극적인 사회 활동이 있으며, 가족과 학교의 범주를 벗어나 시민 사회와 네트워크를 꾸려가는 아이들을 찾고자 했다. 아울러 출신 지역과 성별, 부모의 소득 수준과 문화 자원, 진로와 활동 분야 등 여러 면에서 한쪽으로 치우치지 않도록 다양한 모델을 발굴하고자 했다.

    그 결과 내가 만난 스물 다섯 명의 아이들은 다음과 같은 분포를 보이고 있다. 먼저 성별로 보면 여성이 열 세 명이고 남성이 열두 명이다. 반반인 셈이다. 지역으로는 서울과 수도권이 열 여덟 명이고, 여타 지역이 일곱 명이었다. 이 중 두 명을 제외하면 모두 대도시에 살고 있었다. 해외 여행 경험이 있는 아이는 열 다섯 명이고 없는 아이는 열 명이었다. 이 중 유학을 다녀온 경우는 단 한 명에 불과했다.

    내가 가장 민감했던 부분은 부모의 경제적 능력이었다. 인터뷰 도중에 꼭 물어보았고 어느 정도는 내가 듣고 싶은 범위 안에서 솔직한 대답을 들었지만, 그 이상은 확인할 필요도 없었고 방법도 없었다. 내 임의대로 구분하자면 부모의 소득 수준을 상중하로 나눴을 때 소위 중산층 상층에 해당하는 아이가 일곱 명, 가운데층이 열 세 명, 하층에 속하는 아이가 다섯 명이었다. 이혼이나 사별 등 한부모 가정의 아이는 모두 일곱 명으로 전체의 약 36퍼센트에 해당되었다.

    내가 가장 관심을 가졌던 교육 부문을 살펴보자. 스물 다섯 명의 아이들 중 아홉 명이 모두 열 번의 자퇴를 했다는 사실에 나는 조금은 충격을 받았다. 그중 한 명은 중학교와 고등학교에서 각각 한 번씩 자퇴를 했었다. 정규 학교를 다녔으나 사실상 자퇴나 다름없이 학교를 나가지 않았던 두 명의 아이와 유학을 마치고 돌아와 곧장 대안 학교로 진학한 아이까지 합하면 열 두 명이 제도권 학교와 인연이 없었다고 할 수 있다.

　게다가 정규 학교를 다닌 아이들조차 기존의 교육에 대해서는 대부분 매우 비판적이었다. 연관지어 살펴보면 대안 학교를 다니거나 대안적 학습 모임에 참여하거나 대안적 교육이 무엇인지 알려고 했던 아이는 모두 90퍼센트를 육박한다. 또한 아르바이트를 해본 경험은 거의 전체나 다름없는 스물 네 명이었고, 이 중에서 세 명은 창업이나 정직원으로 일년 안팎의 장기간 취업을 해보았으며 다섯 명은 수시로 아르바이트를 하고 있었다.

　이상의 정보는 내가 만난 아이들에 대한 아주 일부분의 배경을 설명해 줄 뿐이다. 사실이 중요하기도 하지만 그것을 어떻게 인식하고 해석하며 자기 성장의 자원으로 재활용하는가는 전적으로 당사자의 선택과 행동에 달린 문제이기 때문이다. 이 점에서 내가 만난 아이들은 주어진 상황에 능동적으로 개입했고 지난 경험조차도 자신의 주체적 이야기로 바꾸어낼 줄 알고 있었다.

　이 책이 사회에 나와 다양한 독자의 손에 들어간 다음 어떻게 쓰이게 될지 나는 모른다. 바람이 있다면 십대 아이를 둔 부모들이 가장 먼저 읽어주었으면 하는 것이다. 내가 낳았고 내가 기른 아이라도 아이는 부모가 알지 못하는 존재이며 알래야 알 수도 없는 자신만의 세계를 향해 빠르게 나아가는 타인이다. 이 사실을 아는 부모라면 이 책이 내 아이의 좋은 후원자이자 친구로 남는 방법을 모색해 보는 한 가지 구실이 되었으면 좋겠다.

아울러 엉망진창이 된 교육 현장에서 십대 아이들을 돌보며 고민하고 있는 교사들에게도 참고서가 되기를 바란다. 나 역시 2년 조금 넘는 기간 동안 비인가 대안 학교인 하자작업장학교의 교사를 해보아서 안다. 십대 청소년과 마주 앉아 삶의 미래를 의논하고 준비한다는 일이 결코 쉽지 않다는 것을. 하지만 아이 한 명 한 명의 이야기에 귀기울이고자 하는 열정을 지닌 교사라면 읽고 얻을 것이 있으리라 믿는다.

나는 이 책에 실린 스물 네 명의 아이들을 통해 전통적인 미디어와 뉴미디어, 대중 문화와 소비 사회, 고실업과 불안한 가족 구조 같은 새로운 시대의 좌표 속에서 자기 길을 찾아가는 다양한 이야기를 살펴보았다. 이 아이들은 문화주의적 접근과 마케팅의 필요에 의해 지칭되는 세대론으로는 더 이상 파악이 불가능한 감수성, 스타일, 가치관을 보여주었다. 앞으로는 더 많은 아이들을 개인 사례로서 살피는 일이 더욱 절실하다고 생각한다.

뿌리 깊은 가족 문화와 견고한 관료제나 다름없는 학교 제도를 바꾸기란 결코 쉽지 않다. 이 노력을 포기해서는 안 되겠지만 그렇기에 더더욱 아이 한 명 한 명을 개인의 이름으로 호명하며 그 이야기를 기록하는 일이 중요하다. 그런 작업들이 기관과 단체와 개인의 이름으로 지금 이 시간에도 다각도로 이뤄지고 있을 것이다. 나는 십 년쯤 뒤 이 아이들을 다시 만나 서른 살 안팎의 나이에 이른

그들 각자의 또 다른 이야기를 인터뷰해 볼까 궁리중이다.

아무쪼록 내가 만난 아이들을 포함한 모든 아이들이 자아를 발견하고 타인들과 소통하며 함께 나누는 행복을 맛볼 수 있는 곳으로 이 사회가 한 뼘 한 뼘 바뀌어가기를 기대한다. 이 땅에서 나고 자란 아이들, 당신의 자녀이자 당신의 제자인 아이들, 길거리에서 늘상 마주치는 아이들, 한 권의 책으로는 결코 담아낼 수 없는 무수히 많은 서로 다른 아이들, 그다지 특별할 것도 남다를 것도 없는 아이들, 이 모든 아이들 사이사이에 내가 만난 아이들이 있었다.

우리가 찾는 신인류는 그 아이들 한 명 한 명의 서로 다른 이름이다. 부모가 제 아이의 일거수 일투족에 두 눈을 고정하고 보살피듯이, 하지만 그것과는 다른 방식으로 아이 한 명 한 명과 관계를 맺을 때 우리는 신인류를 만날 수 있다. 거대한 군중을 보고 또는 네티즌의 엄청난 수치를 보고 미래를 만들어갈 새로운 빅 제너레이션 Big Generations을 찾는 시도는 늘 신인류 대신 과거의 결핍을 채우려는 구인류의 부활을 예고할 뿐이다.

나는 이 아이들을 통해서 세대론 대신에 개인론과 개체들의 집합론으로 청소년의 삶을 조망해야 한다는 사실을 깨달았다. 정직하게 한 명 한 명의 청소년과 마주하고 그들의 삶과 이야기를 관찰하고 기록해야 할 것이다. 미래는 이 아이들의 것이다. 그러나 더 중요한 사실은 현재 또한 이 아이들의 것이라는 점이다. 미래는 현재를 점유하고 개척하는 아이들이 만들어가기 때문이다.

산티의 뿌리회원이 되어
'몸과 마음과 영혼의 평화를 위한 책'을 만들고 나누는 데
함께해 주신 분들께 깊이 감사드립니다.

뿌리회원(개인)

이슬, 이원태, 최은숙, 노을이, 김인식, 은비, 여랑, 윤석희, 하성주, 김명중, 산나무, 일부, 박은미, 정진용, 최미희, 최종규, 박태웅, 송숙희, 황안나, 최경실, 유재원, 홍윤경, 서화범, 이주영, 오수익, 문경보, 최종진, 여희숙, 조성환, 김영란, 풀꽃, 백수영, 황지숙, 박재신, 염진섭, 이현주, 이재길, 이춘복, 장완, 한명숙, 이세훈, 이종기, 현재연, 문소영, 유귀자, 윤홍용, 김종휘, 이성모, 보리, 문수경, 전장호, 이진, 최애영, 김진회, 백예인, 이강선, 박진규, 이욱현, 최훈동, 이상운, 이산옥, 김진선, 심재한, 안필현, 육성철, 신용우, 곽지희, 전수영, 기숙희, 김명철, 장미경, 정정희, 변승식, 주중식, 이삼기, 홍성관, 이동현, 김혜영, 김진이, 추경희, 물다운, 서곤, 강서진, 이조완, 조영희, 이다겸, 이미경, 김우, 조금자, 김승한, 주승동

뿌리회원(단체/기업)

주/김정문알로에 KIM JEONG MOON ALOE CO. LTD.   한경재단   design Vita

사단법인 한국가족상담협회·한국가족상담센터   생각과느낌 소아청소년 성인 몸 마음 클리닉

PN풍년   경일신경과 | 내과의원

회원이 아니더라도 이메일(shantibooks@naver.com)로 이름과 전화번호, 주소를 보내주시면 독자회원으로 등록되어 신간과 각종 행사 안내를 이메일로 받아보실 수 있습니다.

전화 : 02-3143-6360 팩스 : 02-338-6360
이메일 : shantibooks@naver.com